Punto ciego

Biografía

Paula Hawkins trabajó como periodista más de quince años antes de pasarse a la ficción. Nacida y criada en Zimbabue, se mudó a Londres en 1989, y vive allí desde entonces. Su primer *thriller*, *La chica del tren*, se ha convertido en uno de los mayores fenómenos editoriales de la última década y ha sido adaptado al cine por DreamWorks Pictures, con Emily Blunt como protagonista. Es también autora de *Escrito en el agua*, *A fuego lento*, *Punto ciego* y *La hora azul*. Con más de 29 millones de ejemplares vendidos en más de 50 países, Paula Hawkins es una de las autoras de novela negra más leídas del mundo.

Paula Hawkins
Punto ciego

Traducción de Aleix Montoto

Planeta

Título original: *Blind Spot*

Avda. Diagonal, 662-664, 08034 Barcelona (España)
www.planetadelibros.com

Adaptación de la cubierta: Booket / Área Editorial Grupo Planeta
Fotografía de la cubierta: © Nirav Patel
Primera edición en Colección Booket: octubre de 2023
Primera edición en esta presentación: noviembre de 2024

Depósito legal: B. 17.871-2024
ISBN: 978-84-08-29473-3
Impresión y encuadernación: CPI Black Print
Printed in Spain - Impreso en España

Primera parte

JULIO

1

Jake Pritchard estaba muerto.

Su cuerpo, todavía caliente, yacía en el suelo justo en el espacio en el que la cocina americana se encontraba con el salón, y un halo de espesa sangre rodeaba su cráneo destrozado. Todavía estaba caliente, pero definitivamente había fallecido.

Ryan Pearce se arrodilló en el pegajoso fluido que rezumaban las terribles heridas de Jake. Tenía el móvil en la mano derecha. En la izquierda, sostenía un pesado objeto de cristal manchado de sangre.

Ryan seguía ahí arrodillado, temblando y con el rostro lívido, cuando los técnicos de emergencias sanitarias irrumpieron por la puerta principal. Los técnicos rápidamente se dieron cuenta de que ya no se podía hacer nada por el hombre del suelo, el hombre con los ojos vidriosos y la cabeza abierta. Volvieron la atención hacia Ryan.

¿Estaba herido?, le preguntaban. ¿Qué diantres había pasado? ¿Cuándo había llegado? ¿Qué había visto, qué había oído? ¿Había estado alguien más en la casa? Ryan negó con la cabeza ante las preguntas de los paramédicos, pero no dijo nada. Parecía incapaz de hablar, incapaz de asimilar lo que estaba sucediéndole.

Los técnicos de emergencias se dirigían a él en voz baja. Con mucho cuidado, uno de ellos lo ayudó a ponerse de pie mientras le quitaba el objeto de cristal que sostenía en la mano izquierda para meterlo en una bolsa de plástico. El técnico reparó en que llevaba un texto grabado en la base:

JAKE PRITCHARD,
MEJOR GUIONISTA NOVEL, 2012

—¿Es él? —le preguntó el técnico a Ryan—. ¿Es este hombre Jake Pritchard?

Ryan asintió con la cabeza.

—¿Puede decirnos algo sobre él? ¿De qué lo conocía?

Al fin Ryan habló.

—Nunca he tenido intención alguna de hacerle daño —tartamudeó. Le castañeaban los dientes—. Jamás se me ocurriría hacer algo semejante. Es mi mejor amigo. Es mi hermano.

2

Edie había vuelto a quedarse dormida.

A juzgar por el ángulo de la luz que entraba en el salón, así como por la profunda tranquilidad del apartamento, debían de ser las nueve pasadas. Menudo lujo remolonear en el amplio y cómodo sofá de Ryan. Menudo placer dormir como lo había hecho, sin sueños ni interrupciones.

Ahí, en el pequeño pero bonito apartamento de una habitación de Ryan, Edie se dormía por las noches arrullada por el ruido de la ciudad: adolescentes riendo y borrachos gritando, sirenas en la distancia y el relajante runrún de los coches en la calle adoquinada. Los ruidos de la comunidad. Nada que ver con la soledad de la casa del acantilado, con su silencio absoluto a excepción de los torturados chillidos de las gaviotas y del incesante rumor de las olas rompiendo en las rocas. Le daba vergüenza admitirlo: dormía mejor en el sofá de Ryan que en su propia cama de matrimonio.

Tras salir del saco de dormir, Edie se dirigió a la cocina y metió una cápsula en la cafetera. Por la ventana podía ver las copas de las hayas del jardín que había frente al parque y la colina Arthur's Seat, que se elevaba por detrás. El corazón le daba un pequeño vuelco siempre que se encontraba allí, rodeada de belleza y lujo. Estaba a años luz de su desvencijada casa del acantilado, de sus preocupaciones monetarias, de la catástrofe a cámara lenta que era su matrimonio.

De vuelta en el sofá del salón con una taza de café en la mano, Edie consultó su móvil. No había recibido ninguna llamada de Jake, ni tampoco ningún mensaje. No había sabido nada de él desde hacía más de cuarenta y ocho horas. Ese silencio era inusual, pero —cayó en la cuenta Edie con una punzada de culpabilidad— también bienvenido. Últimamente habían hablado demasiado.

Se tomó el café y, cuando estaba de camino al cuarto de baño para darse una ducha, sonó el interfono. Sería Ryan regresando de su carrera matutina, supuso ella. Debía de haberse olvidado las llaves. Presionó el botón para abrir la puerta de la calle y salió del apartamento para recibirlo.

—¡Qué rápido! —exclamó por la escalera, esperando que por ella apareciera Ryan. Pero no fue él quien lo hizo, sino otra persona. Dos, en realidad. Ambas iban ataviadas con el uniforme de la policía y lucían una expresión sombría.

A Edie se le aceleró el pulso.

—¿Qué sucede? —preguntó, extendiendo una mano para apoyarse en el marco de la puerta.

—Un incidente —le contestaron—. En la casa del acantilado.

—¿Qué ha pasado? —quiso saber. Tenía una sensación nauseabunda, como si algo escurridizo estuviera removiéndose en su estómago—. ¿Ha habido una pelea?

Los policías se miraron entre sí, sorprendidos por su reacción.

La llevaron adentro y cerraron la puerta tras de sí. Hicieron que se sentara en el sofá y permanecieron de pie frente a ella mientras le explicaban por qué estaban ahí. Su marido, le dijeron, había sido atacado en su casa. Había sufrido graves heridas en la cabeza. A pesar de los esfuerzos que habían hecho, los técnicos de emergencias sanitarias no habían podido salvarlo. Lo habían declarado muerto ahí mismo. Todavía no estaba claro qué había ocurrido, pero parecía que se trataba de un robo que había acabado mal.

Durante unos instantes Edie no dijo nada. Se limitó a escuchar el sonido de las voces mientras esperaba despertarse de un momento a otro. Se clavó las uñas en las palmas de las manos, se pellizcó la piel del dorso, pero los policías seguían ahí. No se incorporó de golpe, muerta de miedo al despertar de una pesadilla. No estaba soñando. Aquello era real. Aquello estaba sucediendo.

—¿Dónde está Ryan? —preguntó Edie cuando al fin volvió a encontrar su voz—. ¿Qué le ha pasado a Ryan?

Los policías intercambiaron otra de sus miradas.

—¿Ryan Pearce? —dijo uno de ellos al tiempo que una profunda arruga se formaba en su ceño—. Está en comisaría. Prestando declaración. Él es quien ha encontrado el..., quien ha encontrado al señor Pritchard. Es quien ha llamado a emergencias.

—Entonces ¿está bien? —inquirió Edie—. ¿Ryan está bien?

3

Desde que Edie tenía uso de memoria, los tres habían sido inseparables: Jake, Ryan y Edie.

Los había conocido en la escuela, en Sussex. Ella acababa de cumplir once años cuando se mudó con su familia para estar más cerca del hospital en el que su hermana pequeña, Georgina, recibía tratamiento por un cáncer infantil poco común. Cuando Edie pensaba en esa época, la palabra que acudía a su cabeza era *abandonada*. Sus padres siempre estaban en algún otro sitio, consumidos por la preocupación que sentían por su indefensa hermana pequeña, que absorbía todo su amor como una esponja. Como Georgina era débil, Edie tenía que ser fuerte. Tenía que ser valiente. Tenía que arreglárselas por sí misma.

Y lo hizo. Dejó a un lado su sensación de abandono, fingió que no existía y tiró para delante. Iba a la escuela en bici. Se preparaba ella misma la cena cuando llegaba a casa. A veces incluso se arropaba a sí misma en la cama.

Cuando cumplió doce años comenzó a ir a una escuela privada. En comparación con los demás alumnos, Edie parecía mayor: era seria, callada y reservada. Las otras niñas de su clase, sin embargo, no veían en ella fuerza e independencia, sino aburrimiento y presuntuosidad. Se burlaban de su seriedad, y cuanto más se burlaban de ella, más distante se volvía Edie. Las trataba con desdén, como a las idiotas sonrientes que le parecían. Enseguida se encontró tan sola en clase como se sentía en casa.

Hasta que una tarde, cuando regresaba de la escuela a finales del último trimestre, antes de verano, derrapó bajando una colina y se cayó de la bici. Estaba sentada en el suelo terroso, quitándose piedrecitas del rasguño que se había hecho en la rodilla, cuando dos chicos acudieron rápidamente desde lo alto de la colina. Los reconoció de la escuela: iban a un curso superior. Eran dos chicos altos y morenos y, por alguna razón, el resto de los alumnos se mantenía alejado de ellos. Ambos se bajaron de la bici y el más alto le tendió una mano para ayudarla a levantarse.

—¿Estás bien? —preguntó.

La media sonrisa hacía que se le formara un hoyuelo grande y profundo en el lado derecho de la cara. Era el chico más guapo que había visto nunca.

Edie aceptó su mano.

—Me llamo Ryan —dijo él al tiempo que, sin el menor esfuerzo, tiraba de ella para ponerla de pie.

—Yo soy Jake —añadió en voz baja el otro chico, que se había arrodillado para examinar la rueda de su bici.

Y en ese instante fue como si recibiera la sacudida de un relámpago sobrecogedor: Edie supo de inmediato que Jake y ella estaban hechos el uno para el otro. Desde ese día los tres se volvieron inseparables y comenzaron a ir siempre juntos a todas partes.

Salvo que ahora eran solo dos: Edie, hecha un ovillo en un rincón del sofá, con el suelo a su alrededor lleno de pañuelos usados, y Ryan, que no dejaba de deambular de un lado a otro delante de ella, gastando la moqueta. Él tenía la mirada desquiciada y estaba demasiado sobrexcitado y nervioso para permanecer sentado a su lado, demasiado alterado para hacer otra cosa salvo rememorar una y otra vez la terrible escena de esa mañana y describírsela:

—Había tanta sangre, Edie... Ya no había nada que pudiera... hacer. He intentado... he intentado reanimarlo, pero ya era inútil. Es decir, claro que era inútil. Ya estaba... muerto. Y ahí estaba yo, sentado y cubierto de sangre, y les he dicho que era mi hermano. Me han preguntado que por qué mentía, y yo les he contestado que no estaba mintiendo. No estaba mintiendo. —Ryan negó con la cabeza—. Solíamos decirlo continuamente, ¿no? Es mi hermano. Somos como hermanos. No sé por qué lo he dicho. No sé por qué lo he dicho justo en ese momento. Dios mío, Edie, había tanta sangre...

Edie aspiró una profunda bocanada de aire y cerró los puños.

—Ryan, por favor, no...

—Lo siento —dijo él, mirándola un instante—. Lo siento. —Se quedó callado unos veinte segundos, o quizá treinta, y luego volvió a empezar—: He esperado en el coche un par de minutos antes de entrar. Me he quedado en el coche leyendo en el móvil, ya sabes. Tan solo leyendo... Sin hacer nada, en realidad, solo perder el tiempo... Solo perder el tiempo... —Se le quebró la voz. Iba a decirlo de nuevo, ella lo sabía. «Ojalá hubiera entrado directamente. Ojalá hubiera echado la puerta abajo de una patada en vez de esperar, en vez de dar toda la vuelta a la casa. Ojalá ojalá ojalá.»

Le había contado su historia lo que parecía una decena de veces: que había conducido hasta casa de Jake para salir a correr con él como solían hacer todos los jueves por la mañana. Que había llegado pronto porque el tráfico era más fluido de lo habitual y que había decidido hacer algo de tiempo en el coche leyendo en el móvil. Al llamar a la puerta no había obtenido respuesta, de modo que había rodeado la casa hasta el lado que daba al acantilado. Había visto que la puerta corredera de cristal estaba abierta, pero eso no le había preocupado, pues Jake solía dejarla así.

En cuanto había entrado en la casa, sin embargo, se había dado cuenta de que algo no iba bien. Una de las sillas del comedor estaba tirada en el suelo y había un extraño olor metálico en el aire. Ryan le había explicado a Edie que había encontrado a Jake bocabajo en el suelo de la cocina. Había conseguido darle la vuelta, pero le había costado un par de intentos.

—Había tanta sangre... —dijo él—. Estaba todo hecho un desastre.

—Por favor —volvió a pedir Edie extendiendo una mano hacia él. Las lágrimas le caían por las mejillas—. Por favor, no.

Ryan le tendió asimismo una de las manos y, al tocar sus dedos, pareció recobrar la compostura. Se arrodilló ante ella y la atrajo hacia sí. Edie percibió su olor a sudor rancio bajo la colonia mientras la besaba en la coronilla y en la mejilla y le susurraba:

—Lo siento tanto, E... Lo siento tanto...

Permaneció abrazado a ella de ese modo unos pocos minutos más y luego se puso de pie y fue a la cocina. Cogió una botella de whisky y dos vasos, regresó, se sentó a su lado y los llenó.

—¿Qué vamos a hacer sin él? —preguntó Ryan en voz baja.

Edie negó con la cabeza.

—No lo entiendo. No entiendo cómo puede haber pasado esto. Cómo alguien... ¿Por qué iba alguien a estar ahí siquiera? La casa se encuentra a kilómetros de cualquier sitio, y tampoco es que haya nada que robar...

Ryan también negó con la cabeza.

—No debería haber estado solo —dijo, y Edie se encogió—. No, no me refería a... —Apesadumbrado, le agarró una mano—. No quería decir que tú tuvieras que haber estado ahí. Me refiero a que debería haber estado yo. Debería haber llegado antes. Odio la idea de que estuviera solo... Él y yo siempre hemos estado juntos, ¿sabes?

Edie se mordió el labio por toda respuesta.

—Gracias a Dios que tú no estabas ahí, E. Gracias a Dios, porque si no... no quiero ni pensar lo que podría haber ocurrido.

Ryan se bebió su whisky y se sirvió otro. Al inclinarse para rellenar también el vaso de Edie, su expresión era inescrutable. Había dolor, pero también culpa. Ryan le dio un trago a su copa.

—Me siento como si lo hubiera traicionado —aseguró. Lo hizo sin mirarla, pero Edie sabía en qué estaba pensando. Estaba pensando en todo el tiempo que habían pasado juntos desde que ella había dejado a Jake dos semanas atrás. Juntos los dos solos, sentados el uno al lado del otro en el sofá noche tras noche, bebiendo vino y riéndose de alguna tontería de la tele, con sus piernas en contacto y sus miradas encontrándose de vez en cuando, ella con un nudo en el estómago y él también, sin duda. No hacía falta decir nada, ambos sabían que era solo cuestión de tiempo.

—No hemos hecho nada malo —dijo Edie.

Ryan sirvió un poco más de whisky. Ella quería cogerle de la mano, pero temía que a él le molestara. Quizá incluso la culpara por lo que ambos estaban sintiendo en esos momentos. Las lágrimas volvieron a acudir a sus ojos y ahora ya no eran solo por Jake, sino también por Ryan y ella. No paraba de pensar que, a partir de ahora, el fantasma de Jake siempre se interpondría entre los dos. Su ausencia supondría una acusación constante.

Edie se despertó con un sobresalto. Sentía palpitaciones en la cabeza y tenía la boca seca. Necesitó un segundo para recordarlo todo y que el horror la invadiera de nuevo. Jake estaba muerto. Su marido estaba muerto. Y ella se había quedado con el recuerdo de todas las cosas horribles que le había dicho antes de dejarlo y marcharse.

Había sucedido hacía casi dos semanas. Jake y

ella estaban en la cocina de su casa del acantilado, ella haciendo la cena y Jake releyendo uno de sus libros sobre escritura de guiones. Habían abierto una botella de vino y estaban dando cuenta de ella a gran velocidad. Ambos iban ya por su segunda copa.

Mientras Edie removía la salsa, oyó que su móvil emitía un zumbido. Echó un vistazo por encima del hombro: el aparato estaba sobre la isla de la cocina, a más o menos medio metro del codo de Jake, un poco demasiado lejos para que él pudiera leer el mensaje que había aparecido en la pantalla. Edie vio que le echaba un vistazo rápido antes de regresar a su libro. Unos treinta segundos después el móvil emitió otro zumbido. Edie se apresuró a extender la mano para cogerlo.

Mientras leía los mensajes podía sentir la mirada de Jake.

—¿Quién es? —le preguntó este, con los ojos fijos en el libro.

Edie le dio la espalda y volvió a ocuparse de la salsa. Tardó un momento antes de contestar:

—Lara.

—¿Ah, sí? —dijo en un tono despreocupado—. ¿Qué quiere?

De nuevo Edie tardó un poco en contestar.

—Está pensando en hacer esa ultramaratón que comentó. Ya sabes, la Great Glen o comoquiera que se llame. —Se volvió hacia él—. Me pregunta si entrenaré con ella.

Jake levantó la vista del libro.

—¿Quiere saber si entrenarás con ella para la ultramaratón Great Glen «o comoquiera que se llame»? ¿Es eso lo que dice en su mensaje?

Edie exhaló un gran suspiro.

—Ella la ha llamado «la carrera». Ya habíamos hablado del tema. No recuerdo cómo se llama. ¡Por el amor de Dios! ¿Acaso quieres leer el mensaje? ¿Es eso lo que quieres, Jake? —Edie alzó la mano en la que sostenía el móvil al tiempo que se mordía el labio inferior. Confiaba contra todo pronóstico en que Jake se limitara a poner los ojos en blanco y siguiera leyendo su libro. Esperaba que se sintiera demasiado avergonzado y que el orgullo le impidiera coger el móvil, mirar los mensajes y comprobar que no eran de Lara. Que eran de Ryan, que le había escrito para preguntarle cómo estaba y si quería quedar con él ese fin de semana para tomar un café.

Pero Jake no se sentía avergonzado, y había

perdido todo su orgullo. Tendió la mano para coger el móvil.

—De acuerdo —dijo él—. Echémosle un vistazo.

Edie apartó el brazo de golpe como si se hubiera quemado.

—¡Por el amor de Dios! —exclamó. No podía contarle la verdad bajo ningún concepto. Que había mentido porque sabía que él reaccionaría de un modo desproporcionado al hecho de que hubiera recibido mensajes de Ryan, pues últimamente siempre reaccionaba de un modo desproporcionado ante cualquier cosa. Que solo había mentido porque quería pasar una velada tranquila. Ahora el ataque era su única defensa—. ¡Esto es ridículo, Jake! ¡Estás paranoico! ¿Ahora quieres leer mis mensajes? ¡Lo tuyo es increíble!

—¡Tú me lo has ofrecido! —gritó él.

—¡Solo quería hacer hincapié en lo irracional que estás siendo! ¡Yo nunca te pediría que me dejaras leer tus mensajes! —Ella se metió el móvil en el bolsillo trasero, se dio la vuelta y se puso a remover con violencia la salsa—. ¿Te puedes hacer una idea de lo que es vivir con alguien que no confía en ti?

Ella oyó el ruido que hacía a su espalda el taburete que Jake había tirado al suelo al ponerse de pie de golpe.

—Y tú, ¿te puedes hacer una idea de lo que es sentir que la persona a la que amas te engaña todo el tiempo? —replicó él en un tono peligrosamente bajo—. ¿Ver su rostro cada vez que recibe un mensaje, consciente de que está ocultándote algo? ¿No saber nunca dónde ha estado o qué ha estado haciendo...?

—¡Madre mía! —Edie se volvió hacia él con el cucharón de madera en la mano, salpicando el suelo de salsa de tomate—. Esto es insoportable. Soy casi una prisionera en esta maldita casa, ¿y tú te quejas de no saber dónde estoy las veinticuatro horas del día? ¿Se puede saber qué te pasa? ¿De dónde sacas estas ideas demenciales?

La discusión fue a más y siguió el cauce habitual. Fue parecida a las que habían tenido los últimos meses. Solo que esta fue peor. Él la acusó de mentirle y traicionarlo. Ella, furiosamente a la defensiva y sin dejar de maldecirlo, le dijo todas las cosas horribles que pensaba en sus peores y menos agradables momentos, las cosas que nunca debería haber dicho: que estaba comportándose como un desequilibrado paranoico y egoísta. Que era un fracasado. Que se arrepentía de haber pasado los últimos años manteniéndolo mientras escribía. Que odiaba la casa del acantilado y que desearía no haberse mudado nunca a ella. Que lo único que quería era marcharse de ahí.

—Entonces ¿por qué no te vas, Edie? ¿Por qué no coges y te vas de una vez? ¡Vamos! ¡Vete corriendo a los brazos de Ryan como siempre haces! —dijo él.

Y eso fue lo que hizo.

4

El ruido de la cafetera despertó a Edie por segunda vez. De nuevo, sintió un momento de paz seguido de la terrible arremetida del dolor. Al extender la mano para coger la caja de pañuelos que había en la mesita de centro, levantó la mirada. Sus ojos se toparon con los de Ryan. Estaba en la cocina, vestido con unos pantalones de traje y con una camisa blanca bien planchada. Alrededor del cuello le colgaba una corbata sin anudar.

—¿Vas a salir? —preguntó ella.

Él se mostró desconcertado.

—Voy a trabajar, Edie.

—Pero... —Ella se incorporó sosteniendo el saco de dormir a su alrededor—. No puedes. ¿Hoy?

Es decir... ¿No puedes pedir una baja por motivos personales?

Ryan torció el labio.

—¿Baja por motivos personales? Por el amor de Dios, Edie. A veces eres realmente ingenua. —Se dio la vuelta—. Eso no existe en el mundo de las finanzas.

Dolida, Edie se frotó los ojos y tragó saliva. Miró a su alrededor el desorden que había causado en el salón por lo general impoluto de Ryan: los vasos vacíos, los pañuelos arrugados, los pantalones vaqueros tirados en el suelo... Se dio cuenta entonces de que tal vez él no quería que estuviera allí. Un momento después Ryan regresó de la cocina con dos tazas de café. Dejó una sobre la mesita y le dio un beso en la cabeza.

—Lo siento, E. No debería haberte contestado mal. No quiero ir a trabajar, pero ya falté ayer y hay clientes de los que debo ocuparme. Si no estoy en la oficina, algún compañero lo hará en mi lugar y yo saldré perdiendo. No puedo permitírmelo. Así son las cosas.

La policía fue a buscar a Edie al mediodía. Otros dos hombres uniformados, distintos de los anteriores, y una mujer de paisano llamada Neeta Badami que dijo ser la agente designada para hacer de enlace con la familia.

—Si tienes alguna pregunta, sobre lo que sea, acude a mí, ¿de acuerdo?

Neeta era joven, de unos treinta y pocos años. Se trataba de una mujer menuda cuya expresión severa se veía compensada por unas pestañas largas y una voz reconfortante.

Neeta le explicó que tenía que acompañar a la policía a la casa del acantilado para indicarles si faltaba algo. No habían encontrado ningún portátil ni ningún móvil en la escena, de modo que estaban bastante seguros de que la persona que entró se los había llevado. Aun así, se preguntaban si no faltaría algo más. Algo que pudiera ayudarlos a dar con el paradero del asesino.

Edie no le veía el sentido.

—No teníamos nada que valiera la pena robar. Ya lo verán. Los muebles son una mierda, la mayoría de segunda mano... Tampoco guardábamos dinero en efectivo en casa y en las paredes no es que haya ningún Picasso. No entiendo por qué es necesario que vaya hasta allí.

Neeta la tranquilizó con una sonrisa.

—Sé que no quieres ir, Edie. Lo comprendo. Si estuviera en tu lugar, yo tampoco querría. No tengo ninguna duda de que va a ser una experiencia traumática, pero yo estaré contigo en todo momento. Existe la posibilidad de que esto pueda ser útil, nunca se sabe qué pueden haber robado los ladrones. Si se han llevado algo personal podría ayudarnos a dar con ellos.

No tenía ningún sentido discutir. Edie dejó que la condujeran al coche. En silencio y malhumorada, se sentó en el asiento trasero y se pasó el trayecto mirando por la ventanilla. Cuando cruzaron el puente y las luces parpadearon en la niebla, sintió un escalofrío.

—¿Podrías decirme cuándo te fuiste de casa? —le preguntó Neeta en un tono por primera vez inseguro.

Eddie se abrazó a sí misma y se pegó más a la puerta del coche.

—Hace dos semanas —respondió en voz baja—. Tuvimos una pelea. —Al volverse hacia Neeta, reparó en los ojos del conductor a través del espejo retrovisor. La miraba con atención—. Estoy siendo honesta —prosiguió Edie—. No tengo ninguna razón para no serlo. Últimamente las cosas entre nosotros no iban demasiado bien y discutíamos mucho.

—¿Por alguna razón en particular? —inquirió Neeta.

Edie exhaló un suspiro.

—Por dinero, principalmente. En Londres yo trabajaba como asistente ejecutiva en una empresa importante. Tenía un sueldo decente. Desde que nos trasladamos aquí, hace dos años, no he podido encontrar nada fijo y he estado trabajando como asistente virtual, que da muy poco dinero.

—¿Y Jake? —volvió a inquirir Neeta—. Era guionista de televisión, ¿no?

Edie se encogió de hombros.

—Sí. Por temporadas. Ya sabes, es un mundillo en el que resulta difícil ganar dinero de forma regular. Dependíamos de mis ingresos. —Se frotó las manos en el regazo—. A Jake le habían rechazado varias ideas. No lo llevaba demasiado bien. Se sentía muy frustrado. —Se quedó callada unos segundos—. También discutíamos por la casa.

—¿Qué le pasa a la casa? —preguntó Neeta.

—Yo odiaba vivir ahí —respondió Edie.

—¿De verdad? —Neeta parecía sorprendida—. Ese tramo de la costa es muy bonito...

—Pero no hay nada. Y nunca pasa nada. Me sentía atrapada. Encerrada. Hay que tener en cuenta que no puedo conducir a causa de un problema en la vista. Tengo puntos ciegos.

—¿Y aun así decidieron comprarse una casa en medio de la nada? —preguntó el conductor en un tono desconcertado.

—No la compramos —dijo Edie—. La heredamos del padre de Jake. Yo ni siquiera había visto el lugar antes de mudarnos. Jake me dijo que estaba en Edimburgo. —Soltó una risa breve y amarga—. ¡Estaba tan emocionada...! Y entonces llegamos aquí y descubro que no está para nada en Edimburgo, sino a más de una hora en coche. Si puedes conducir, claro. Si no, hay que coger un autobús y un tren y tardas siglos. Y está en un acantilado sin vecinos y hay que andar veinticinco minutos para comprar leche. —Hizo una pausa y respiró hondo con un estremecimiento—. Para ser honesta, odio este lugar. Yo quería vender la casa y usar el dinero para comprar otra cosa, algo en la ciudad. Jake me dijo que le parecía frívolo por mi parte esperar que se deshiciera de la casa de su padre.

El móvil de Edie comenzó a sonar en el bolsillo

de su chaqueta. Ella lo cogió y miró la pantalla: era una llamada de Lara.

—¿Tienes que cogerlo? —preguntó Neeta echando también un vistazo a la pantalla del móvil.

Edie negó con la cabeza.

—Es una amiga. Todavía no se lo he contado. Apenas se lo he contado a nadie. Solo a los hermanastros de Jake y a mi familia. Con todos los demás (amigos, antiguos compañeros de trabajo), no sé ni por dónde empezar.

Neeta le cogió una mano y le dio un pequeño apretón.

—Si quieres podemos hablar de eso. Puedo ayudarte. —Se quedó un momento callada antes de añadir—: Por cierto, ahora que has mencionado a los hermanastros de Jake, me preguntaba si tú sabes por qué Ryan Pearce les dijo a los técnicos de emergencias sanitarias que Jake y él eran hermanos. ¿Sabías que había dicho eso?

Edie estudió el rostro de Neeta.

—Sí. Lo sabía —dijo en voz baja—. No era ninguna mentira, si eso es lo que estás pensando. Él no pretendía... —Se le quebró la voz—. No lo dijo para engañar a nadie. A veces hablaban en esos términos: decían que no eran solo amigos, que eran hermanos.

Neeta asintió con aire pensativo. Echó un vistazo por la ventanilla y luego se volvió hacia Edie otra vez.

—La otra cosa que dijo fue que nunca había tenido intención de hacerle daño a Jake. ¿Tienes alguna idea de por qué diría eso?

Edie bajó la mirada a las manos. Se encogió de hombros.

—Supongo que... al acogerme en su casa podía parecer que estaba poniéndose de mi lado, y a Jake eso le habría dolido. Ambos lo sabíamos, pero Ryan también era mi amigo, así que... —Su voz se fue apagando—. La situación era complicada.

El coche redujo la velocidad al acercarse al desvío de la carretera de la costa. Edie sintió que se le formaba un nudo en el estómago. Se agarró al asidero del techo cuando el coche giró a la derecha. Le ardía el rostro y le costaba respirar. Notaba los ojos de Neeta sobre ella, así como los del conductor; ambos observándola mientras se dirigían a su casa, ambos esperando a ver qué iba a hacer, cómo iba a reaccionar. Se sentía como un animal en una jaula.

—¿Alguna vez las discusiones con Jake se volvieron violentas? —le preguntó Neeta.

Edie se la quedó mirando.

—¿Qué? ¡No! ¿Estás...? Un momento, ¿qué estás sugiriendo?

—No digo que hayas hecho nada malo. Sabemos por las cámaras de videovigilancia del edificio de Ryan que esa mañana no saliste del apartamento, así que tenemos claro que no has tenido nada que ver. Pero nos preguntábamos si tal vez alguien a quien le importas pudo pensar que estabas en peligro y habría decidido actuar para protegerte. Podría ser que esa persona no pretendiera que las cosas llegaran tan lejos...

—¿Te refieres a Ryan? —A Edie le entraron ganas de echarse a reír—. No has escuchado una palabra de lo que te he contado, ¿verdad? Ryan adoraba a Jake, lo quería como a un hermano. Y sí, las cosas entre Jake y yo no iban bien, pero él nunca me habría levantado la mano. No era ese tipo de hombre.

—¿Qué tipo de hombre era, pues? —preguntó Neeta.

Edie sonrió.

—Era leal —dijo—. Veía el lado bueno de las personas. Vio el mío. Me quería muchísimo. —Las lágrimas comenzaron a caerle por las mejillas.

Neeta sacó un paquete de Kleenex del bolso y le dio uno.

—No le gustaba que yo fuera el sostén económico de la pareja; eso siempre le molestó. Quería ser él quien se ocupara de mí. Era anticuado en ese sentido. También era cabezota. Y orgulloso. —Se sonó la nariz—. Podía ser un poco soñador. Estaba en las nubes. —Edie se secó las lágrimas de los ojos y respiró hondo—. Tienes que reducir la velocidad —le dijo al conductor—. Vamos a llegar a la salida. —Cuando el coche dejó la carretera y tomó un camino de tierra, a Edie empezó a acelerársele el pulso—. Es por aquí —dijo. Había vuelto a agarrarse al asidero del techo e iba con la cabeza gacha y la barbilla pegada al pecho.

—¿Ocurre algo, Edie? —preguntó Neeta—. ¿Te encuentras bien?

—Estoy bien —susurró ella.

Justo en ese momento estaban pasando por el lugar en el que Ryan la había recogido la noche de la discusión. Ella le había enviado un mensaje mientras hacía una maleta: «Por favor, ven ahora mismo, no puedo quedarme aquí». Él había llegado en menos de una hora: debía de haber superado el límite de velocidad durante todo el trayecto. Al subir al coche ella se había vuelto un segundo y le había echado un vistazo a la casa: Jake estaba de pie en la puerta principal, mirándola. Como tenía una luz a su espalda no había podido verle bien la cara, pero ahora no podía evitar imaginar su expresión afligida y atormentada. Esa había sido la última vez que sus ojos se posaron sobre él.

5

La primera vez que Edie vio la casa del acantilado dijo que parecía un aseo público.

Al pensar en mudarse a la costa de Fife, se había imaginado una pintoresca casita de pescador o algo agradable y moderno hecho con madera y pizarra. La casa de Jake era muy distinta. Había sido construida en los años setenta y se trataba de un edificio tan bajo y sencillo que, si alguien se acercaba por el serpenteante camino de tierra desde la carretera principal, apenas reparaba en ella. En la fachada principal no había ventanas; no era más que una sobria pared de ladrillo con una puerta principal de madera. Más que fea, era una casa rematadamente sosa.

Hasta que entrabas en ella. El interior no era

nada lujoso, sino más bien descuidado y deslucido, pero la parte trasera de la casa estaba hecha por completo de cristal. Y, como se hallaba a apenas veinte metros del acantilado, al entrar lo que se veía era el mar extendiéndose hasta el horizonte.

Ese día, sin embargo, los ojos de Edie no se dirigieron al agua, sino a la mancha oscura que había en el suelo de hormigón. Estaba justo en el lugar en el que el salón se encontraba con la cocina americana. Neeta se colocó rápidamente delante de ella, bloqueándole la vista.

—Si en algún momento necesitas tomarte un descanso —dijo la agente—, solo tienes que decirlo.

Edie asintió con expresión cansada.

—Solo quiero acabar con esto de una vez.

Edie y Neeta se dirigieron a la cocina con movimientos torpes a causa de los trajes protectores y las cubiertas de plástico que se habían puesto en los zapatos. Rodearon la horrible mancha marrón y se detuvieron debajo de la claraboya de la cocina, un detalle arquitectónico antaño impresionante y ahora echado a perder a causa de un enorme nido de gaviotas. Edie comenzó a abrir y cerrar cajones e inspeccionó la nevera. Todo parecía normal. Después se dirigió al salón. Frente a la pared de cristal, cuyos paneles estaban sucios de salitre y de mugre, había una fea chimenea de piedra delante de la cual habían colocado un harapiento sofá de color naranja. Viejas alfombras de retales decoraban el suelo. Las estanterías que enmarcaban la chimenea contenían unas pocas decenas de libros de bolsillo y algunos DVD.

Edie se quedó mirando las estanterías y luego se dio la vuelta hacia la puerta corredera acristalada que daba al jardín, y que estaba abierta.

—¿Es ahí... por donde entraron?

—Eso creemos —respondió Neeta—. Según Ryan, la puerta corredera ya estaba abierta cuando llegó.

Edie asintió.

—Jake siempre la dejaba abierta. Le gustaba oír el sonido del mar. Y decía... —Su voz flaqueó—. Decía que no había peligro alguno, pues por esta zona nunca había nadie y difícilmente alguien iba a pasar por delante de la casa.

Neeta se acercó a la puerta corredera.

—¿Y qué hay del sendero de la costa? —preguntó con la vista puesta en el descuidado jardín que había en el exterior de la casa—. ¿No vienen muchos paseantes a caminar por él?

Edie asintió.

—Sí, pero no por este lado de la casa. Unos quinientos metros más al sur, una parte del acantilado cayó al mar no hace mucho, así que ahora hay un desvío. El sendero se separa del acantilado y va por detrás de la casa hasta llegar a la carretera principal. Desde él puede verse la casa, pero es poco probable que alguien repare en ella si no la está buscando.

Neeta dio un paso adelante hasta casi pegar la nariz al cristal.

—¿No es peligroso el acantilado?

Edie volvió a asentir.

—Cuando desciende la marea se puede bajar hasta la playa, ahí a la derecha está el sendero. Pero hay que tener cuidado, pues la marea sube con rapidez. Y, aparte, con cada tormenta se erosiona un poco más el acantilado. Llegará un momento no muy lejano en el que todo esto terminará cayendo al mar.

Neeta siguió a Edie por un pasillo que conducía al cuarto de invitados. En él había un viejo sofá cama y un pequeño escritorio de pino encajado en la esquina.

—¿El despacho? —preguntó Neeta.

—La habitación que Jake usaba para escribir.

Aunque, para ser honesta —dijo Edie dando unos pasos hacia delante y colocando las manos en el respaldo de la silla vacía—, por lo general venía aquí a jugar a la Xbox. —Se volvió hacia Neeta con una sonrisa triste y se secó rápidamente una lágrima que le caía por la mejilla con el dorso de la mano—. Todavía está aquí —añadió señalando la consola—. Lo único que falta es su ordenador portátil.

Al final del pasillo se encontraba el dormitorio principal. Estaba amueblado con una cama de matrimonio, un par de mesillas de noche y un viejo sillón con una alta pila de ropa encima. Esa habitación parecía más fría que el resto de la casa. Edie se sentó en el borde de la cama sin hacer, tiró de la colcha, se la llevó al pecho y aspiró su aroma.

Neeta permanecía inmóvil en la puerta, viendo llorar a Edie. Tras una pausa respetuosa le pidió que volviera a echar un vistazo al dormitorio y que mirara en el cuarto de baño e inspeccionara los armarios.

—¡No hay nada de valor! —exclamó Edie alzando la cabeza hacia ella con tristeza—. No teníamos nada. Estábamos arruinados. ¿Es que no queda claro viendo el estado de la casa? No tenemos ninguna obra de arte, solo las reproducciones baratas de las paredes. Tampoco ningún equipo de música caro... Todo está viejo, hecho una mierda, y es de segunda mano.

—¿Alguna joya?

Edie alzó una mano para mostrarle a Neeta su anillo de matrimonio.

—Esto es todo —dijo.

Neeta asintió.

—Pero Jake no llevaba ninguno, ¿verdad?

Edie frunció el ceño.

—Sí, claro que sí. Uno igual que el mío, solo que en su anillo está mi nombre grabado, y en el mío está el suyo. —Se lo quitó del dedo y se lo enseñó a Neeta.

De regreso al salón, Edie se detuvo de golpe frente a la chimenea y se quedó mirando el espacio de la repisa que había entre un candelero de latón y una fotografía en blanco y negro enmarcada.

—El premio —dijo señalando el estante vacío—. El trofeo que Jake ganó al mejor guion. Estaba aquí. —Se volvió hacia Neeta—. Tiene su nombre grabado. Eso lo hace bastante reconocible, ¿no?

6

Neeta llegaba temprano.

Envuelta en una toalla y goteando agua en el suelo de parqué, Edie abrió la puerta de la entrada.

—¡Dijiste a las diez! —protestó, y se hizo a un lado para dejar pasar a la agente de policía—. No son ni las nueve y media.

Neeta sonrió.

—Lo siento —dijo, aunque Edie tenía la sensación de que no lo sentía en absoluto. Más bien sospechaba que Neeta había llegado temprano a propósito. Ahora bien, ¿por qué? ¿Para pillarla con la guardia baja? Seis días después de la muerte de Jake seguía durmiendo mal y todavía no se había recuperado del shock; a veces le costaba estar segura de cuándo pensaba con claridad y cuándo estaba siendo paranoica.

Dejó a Neeta en la cocina haciendo café mientras ella iba un momento al cuarto de baño a vestirse. Al salir, sin embargo, oyó un ruido al final del pasillo, en el dormitorio. Silenciosamente recorrió descalza el corredor enmoquetado y abrió la puerta de golpe. Neeta estaba en el extremo opuesto de la cama de Ryan, mirando la fotografía enmarcada que había sobre la mesita de noche.

—No creo que debas estar aquí —soltó Edie.

Neeta se volvió hacia ella.

—Lo siento —dijo sonriendo gentilmente—. Solo estaba curioseando.

De vuelta en el salón, se sentaron en lados opuestos del sofá y se volvieron la una hacia la otra para estar cara a cara.

—¿De qué querías hablarme? —le preguntó Edie.

Pero Neeta no parecía estar prestándole atención. Miraba alrededor de la estancia como si fuera la primera vez que estuviera en ella.

—No está nada mal este apartamento, ¿verdad? —Edie volvió a sonreír—. Paso a menudo por esta calle y siempre levanto la vista y pienso: «¡Uau!

Este sería un buen sitio para vivir». —Hizo una pausa—. Imagino que es caro.

Edie asintió.

—Sí, supongo. Ryan trabaja en una empresa de capital riesgo. Le va muy bien. —Siguió los ojos de Neeta mientras esta admiraba el salón y reparaba en los sillones de colores intensos, las cortinas de seda de las ventanas, los cuadros que colgaban de las paredes—. Y su familia tiene dinero —se oyó decir a sí misma—. Siempre le han gustado las cosas de buena calidad.

—Ya veo —asintió Neeta, dándole un sorbo a su café—. ¿No hacía eso que las cosas fueran un poco..., bueno, no sé..., un poco difíciles entre vosotros? Me refiero al hecho de que Ryan tuviera tanto dinero mientras que a ti y a Jake las cosas no os iban demasiado bien.

—La verdad es que no —contestó Edie. Volvió el rostro unos segundos y recordó el día en que ella y Jake fueron a ver a Ryan por primera vez a su apartamento, y la expresión de Jake al ver lo impresionada que estaba ella—. No solíamos hablar de esas cosas.

Neeta dio otro sorbo, y luego dejó la taza sobre la mesita y buscó los ojos de Edie.

—¿Sabes si Jake tenía deudas? Sabemos que había una pequeña hipoteca sobre la casa, pero, aparte de eso, ¿existe la posibilidad de que hubiera pedido prestado dinero?

—¿Una pequeña hipoteca? —repitió Edie—. Ah, sí, claro. —No tenía ni idea—. No creo que... No, no teníamos ninguna deuda. Ninguna otra deuda.

—¿Jake te lo habría mencionado si la hubierais tenido?

Edie se ruborizó. A Neeta debió de resultarle obvio que desconocía la existencia de la hipoteca.

—Imagino que sí.

—No estás del todo segura.

Edie exhaló un suspiro y se frotó los ojos con los puños como una niña somnolienta. Simplemente no tenía fuerzas para mostrarse cauta.

—Ya te lo he dicho —dijo—. Era orgulloso. Y las cosas iban mal entre nosotros, así que... —Su voz se fue apagando. Volvió a pensar en la última discusión, cuando lo llamó «fracasado». ¡Claro que no le había dicho que se había hipotecado! ¡Claro que no le habría dicho nada si hubiera pedido prestado dinero! ¿Por qué iba Jake a darle más argumentos para usar en su contra? Edie se dio cuenta de que Neeta la observaba fijamente, a la espera de que dijera algo más—. Lo cierto es que al principio de su carrera las cosas le fueron muy bien —dijo—. Apenas tenía veinte años cuando filmó su primer guion. No para televisión ni nada de eso. Solo era una pequeña película independiente, pero llegó a algunos festivales. E incluso ganó un premio. El del trofeo que ha desaparecido. —Se puso de pie—. De hecho, puedo enseñarte una fotografía. Ryan tiene una enmarcada en algún lugar...

En la librería, junto a la chimenea, había unas cuantas fotografías enmarcadas. Edie cogió una y regresó al sofá para enseñársela a Neeta. Se había tomado la noche del estreno de la película en el Festival de Cine Independiente de Londres y en ella se veía a un pletórico Jake sosteniendo su trofeo en alto mientras Ryan saltaba haciendo ver que quería quitárselo. Tras darle la fotografía a Neeta, Edie se sorprendió a sí misma sonriendo con lágrimas en los ojos.

—Estaban tan felices esa noche... Ryan no dejaba de hacer el tonto, como siempre... Bromeaba diciendo que el giro de guion de la película había sido idea suya y que debería haber recibido parte del crédito.

—¿Ah, sí? —Neeta levantó la vista hacia Edie con una ceja enarcada—. ¿Y de qué trataba? —preguntó al tiempo que volvía a mirar la fotografía.

—Iba acerca de un hombre al que acusan injustamente de violación. Venía a tratar cuestiones de política sexual y se titulaba *Nada más peligroso*. Ya sabes, por el dicho: «No hay nada más peligroso...».

—«... que una mujer despechada.» —Neeta terminó la cita con los ojos todavía puestos en la fotografía—. ¿Y cuál es el giro?

—Que en realidad no ha sido acusado injustamente, solo que convence a todo el mundo de que así ha sido y consigue salirse con la suya.

Neeta levantó la vista.

—Suena bastante turbio —dijo.

Edie volvió la cara a un lado, de repente incómoda por la intensa mirada de la agente.

—Bueno, claro..., pretendía ser un *thriller* escalofriante, así que obviamente es turbio. Tiene que serlo.

Neeta se puso de pie, cruzó el salón hasta la librería y dejó el marco en su sitio. Cogió otra de las fotografías y se la mostró a Edie.

—Aquí salís muy bien —dijo con una sonrisa. En ella se veía a Edie, Jake y Ryan en un pequeño jardín. Los tres estaban sentados en sendas tumbonas, muy bronceados y sonriendo a cámara.

—Nos la hicieron en nuestra casa de Streatham —explicó Edie—. Vivimos ahí justo después de casarnos. Era un pequeño apartamento de dos habitaciones en una planta baja. Apenas cabíamos los tres en él, pero fuimos muy felices allí.

—¿Los tres?

—Por aquel entonces Ryan vivía con nosotros.

—¿Justo después de que Jake y tú os casarais? —Neeta la miró extrañada.

—Solo fue durante un tiempo. Él... —Edie notó que se sonrojaba. Esto la enfureció. ¿Por qué se avergonzaba? No tenía nada de inapropiado—. Ryan acababa de romper con alguien, creo. No recuerdo los detalles. No había sido una relación muy larga. —Bajó los ojos a sus pies—. En cualquier caso. Éramos muy felices. Los tres.

Podía sentir la mirada de Neeta mientras la agente volvía a sentarse a su lado en el sofá.

—Debía de resultar difícil vivir así, los tres juntos en tan poco espacio. Imagino que discutíais a menudo...

Edie apartó la vista.

—La verdad es que no.

—¿Nunca?

—Bueno, Jake y Ryan eran competitivos. Siempre lo habían sido, desde niños. Quién podía correr más rápido, trepar más alto, marcar más goles. Ya de mayores se trataba de quién corría en menos tiempo la maratón, quién lograba hacer más flexiones... Cosas de chicos. —Edie se quitó las zapatillas, recogió las piernas para sentarse sobre sus pies y se recostó en el reposabrazos.

—¿Nada serio, entonces?

Edie exhaló un largo suspiro con los labios fruncidos.

—¿Por qué lo preguntas? ¡No, apenas discutían! De pequeños, quizá. Una vez dejaron de hablarse durante meses. Por algo de una cámara... Jake le rompió una cámara a Ryan o algo así. —Notó que su rostro volvía a sonrojarse y apartó la mirada.

Neeta se acercó un poco más a ella.

—La razón por la que te lo pregunto, Edie, es porque cuando los agentes de policía vinieron a decirte que Jake había sido asesinado, lo primero que les preguntaste fue si había habido una pelea. Tú eras consciente de que Ryan había ido a buscar a Jake tal y como hacía todos los jueves por la mañana, de modo que me gustaría saber qué te hizo pensar que podrían haberse peleado.

Edie se incorporó de nuevo.

—¿Me puedes explicar qué está pasando exactamente? —preguntó indignada—. ¿Acaso estás interrogándome ahora mismo?

—No —repuso Neeta en un tono de voz calmo—. Solo intento comprender por qué pensaste que Jake y Ryan podrían haberse peleado.

—¿Por qué estamos hablando de esto? —insistió Edie—. Primero me dices que creéis que se ha tratado de un robo y ahora vas y me preguntas por deudas, por Ryan... ¿Estás insinuando que ya no pensáis que haya sido un robo? —Edie era consciente de que hablaba en un tono de voz cada vez más alto y estridente.

—Nuestra primera impresión fue que se había tratado de un robo —explicó Neeta cuidadosamente—, pero tras seis días de investigación no hemos dado con ningún indicio de que alguien entrara con violencia en la casa. No se forzó ninguna cerradura ni se rompió ninguna ventana. Y el televisor y la Xbox siguen ahí. Además, encontramos la cartera de Jake con sesenta libras en efectivo en el bolsillo interior de su americana.

Edie suspiró e, inclinándose hacia delante, apoyó la frente en las manos.

—¡Es que no necesitaban entrar por la fuerza! —dijo—. La puerta corredera estaba abierta. Y quizá no vieron la cartera. ¿Y qué pasa con el trofeo del que estábamos hablando hace un momento?

Neeta se aclaró la garganta.

—La cosa es que... —comenzó a decir, y Edie notó por su tono de voz que no le iba a gustar lo que fuera que Neeta estuviera a punto de decirle—. No te lo he contado antes porque no quería alterarte, pero el premio no ha desaparecido.

Edie se quedó boquiabierta, presa de la incredulidad.

—Los agentes que investigaron la escena del crimen se lo llevaron de la casa el día del ataque para realizar algunas pruebas. Creemos que fue el arma homicida.

—Madre mía... —A Edie se le arrugó el rostro y volvió a enterrarlo en las manos.

—Hasta ahora el equipo forense ha encontrado tres juegos de huellas en él. Las de Jake y las tuyas, y también las de Ryan, claro.

Edie levantó la cabeza de golpe.

—¿Por qué «claro»?

—Bueno —empezó Neeta, examinando atentamente la expresión de Edie—. Sabemos que tuvo el premio en las manos. Según nos dijo, lo recogió del suelo cuando movió el cadáver de Jake. De hecho, todavía lo sostenía cuando llegaron los técnicos de emergencias sanitarias. Parecía casi...

—¿Casi...?

—Casi reacio a soltarlo. Eso es lo que dijeron los técnicos.

7

El móvil la despertó bruscamente.

Edie se incorporó de golpe y estuvo a punto de caerse del sofá. Los relucientes rayos del sol se filtraban por las ventanas. Echó un vistazo al reloj que había en la repisa de la chimenea. No podía haber dormido más de quince minutos. El móvil dejó de sonar. Acto seguido volvió a hacerlo. «Por el amor de Dios.» Lo único que quería era dormir. Extendió una mano y cogió el móvil, que descansaba sobre la mesita de centro. Era Lara otra vez.

—¿Hola? —respondió.

—¡Edie! —La profunda y ronca voz de su amiga parecía aliviada—. Al fin. ¡Estaba muy preocupada por ti!

—Ya lo sé. Lo siento, yo...

—No tienes que pedirme perdón, no seas tonta. ¿Estás bien? Claro que no lo estás. ¿Puedo ir a verte?

—Estoy agotada, Lara. Me está costando dormir...

—Mira, me pasaré solo un momento, te prepararé una taza de té y luego volveré a largarme, ¿te parece? No me quedaré mucho rato. ¿Puedo llevarte algo? ¿Comida, bebida...?

Edie echó un vistazo a la botella de whisky casi vacía que había en el estante superior del mueble bar de Ryan.

—¿Una botella de whisky Lagavulin?

Apenas eran poco más de las cuatro cuando Lara llegó, pero Edie insistió en abrir la botella de whisky de todos modos.

—He tenido un día horrible —dijo, y tras regresar arrastrando los pies al sofá donde estaba durmiendo, cogió las mantas y se envolvió con ellas—. He tenido que aguantar el interrogatorio de esta mujer, la «agente de enlace con la familia». —Hizo dos comillas en el aire con los dedos—. Supuestamente, debería estar manteniéndome al día de las últimas novedades de la investigación, pero a veces me parece que solo quiere sonsacarme información.

Lara iba tan impecable como siempre, ataviada con un elegante traje negro y unas relucientes zapatillas deportivas rojas y el pelo oscuro recogido en una coleta alta. Estaba sentada en el sillón, de espaldas a las ventanas, y se inclinó hacia delante con los codos sobre las rodillas.

—Pero no pensarán que tú estás implicada...

—No, no lo piensan. Pero ya no estoy segura de qué es lo que piensan. Primero dijeron que se había tratado de un robo, luego mencionaron unas deudas, pero... no sé. No pienso con claridad. Estoy tan cansada que no soy capaz de centrarme. Y no dejo de sentirme rematadamente culpable.

Lara cerró los ojos un momento.

—¿Lo dices porque no estabas ahí? Porque en ese caso...

—Porque estaba aquí. ¡Aquí! Con Ryan.

Lara se quedó callada unos segundos.

—Cuando dices «con Ryan», ¿no querrás decir...?

—No en ese sentido, no. Solo desearía... poder

llorar la muerte de Jake de un modo natural, ¿entiendes? Estar triste de un modo normal.

Lara irguió la espalda y sonrió a Edie con expresión triste.

—No estoy segura de que haya una forma natural de llevar el duelo. Cada cual siente lo que siente. Siempre es algo complicado.

Edie asintió. Apuró su vaso y se inclinó hacia delante para servirse más whisky.

—No me juzgues —dijo mirando a Lara.

Esta alzó las manos.

—No soy nadie para juzgarte, Edie.

Edie dio otro trago a su whisky y permaneció un momento inmóvil, disfrutando de su efecto entumecedor. Reparó entonces en que, bajo su cuidada apariencia, Lara también parecía algo cansada.

—¿Estás bien? Se te ve un poco...

—¿Hecha polvo? —Lara sonrió—. Sí, he estado trabajando a tope. Se trata de un proyecto muy gordo en el que llevo esforzándome un montón de tiempo. Ha sido duro, pero parece que al fin la cosa comienza a llegar a algún lado.

Edie asintió, aliviada por dejar de ser momentáneamente el centro de atención. Le pidió a Lara que le hablara más de su empresa, StoryTime. Era una especie de plataforma que ofrecía algo entre el pódcast y el audiolibro a la que la gente podía suscribirse para escuchar historias originales que se relataban a lo largo de una serie de días.

—Lo guay —le explicó Lara— es que también puedes leer las historias en una tableta o un móvil, y pasar al audio cuando quieras, dependiendo de si estás conduciendo, has salido a correr o estás sentada en el sofá de casa. Tenemos historias de todo tipo: para paseantes, para exploradores, relatos de miedo para contar a la luz de una hoguera, para románticos... Cosas así. En cualquier caso, ya casi estamos listos para hacer las primeras pruebas con gente. Y esperamos estar operativos en otoño. Ya te enviaré un enlace si te interesa. Una prueba gratuita.

Edie asintió, le dio otro sorbo a su bebida y se hundió un poco más en el sofá.

Lara ladeó la cabeza, mirándola con preocupación.

—Estás agotada —dijo, y cogiendo el bolso que había dejado a sus pies, añadió—: Debería marcharme y dejarte en paz.

—No —protestó Edie. El alcohol hacía que se

alegrara de tener compañía—. Quédate un poco más. Cuéntame alguna otra cosa, lo que sea. ¿Todavía estás pensando en hacer esa ultramaratón? ¿Estás entrenando?

Correr era la pasión común de Edie y Lara, lo que las había unido en primer lugar. Un mes o dos después de que Edie y Jake se hubieran mudado a Escocia, Edie se apuntó a un club de *running* para intentar conocer gente. Se fijó en Lara —alta, de piernas largas y muy rápida— el primer día. Con la vista clavada en el logo de la maratón de Londres que se veía en la parte trasera de la camiseta de esa chica tan alta, Edie trató de seguir su ritmo. No lo consiguió. Pero al terminar la carrera justo esa chica fue la primera en decirle «hola». Lara era extrovertida y amigable, aunque también, pensó Edie en ese momento, un poco intensa. Fue la primera amiga que tuvo en Edimburgo (y, hasta que Ryan se trasladó desde Londres, la única).

Lara estaba hablándole sobre su programa de entrenamiento cuando Edie oyó un ruido en la calle y se encogió de miedo. Lara se quedó callada y enarcó las cejas.

—¿Qué pasa? —preguntó.

—Nada, solo... —Edie se había inclinado hacia

delante y había estirado el cuello para ver la puerta de entrada—. He oído algo y he pensado que tal vez...

—¿Que tal vez...?

—Que tal vez Ryan había vuelto temprano a casa. —Edie se reclinó de nuevo en el sofá, todavía con el oído aguzado. Le dio otro sorbo a su bebida.

—¿Y qué problema habría? —le preguntó Lara.

Edie se mordió una uña.

—No parece estar demasiado bien. Bueno, obviamente no lo está. Ha perdido a Jake, y fue él quien lo encontró. Pero se está comportando... raro. Insiste en ir a trabajar y dice que no puede tomarse unos días libres, pero luego llega a casa y está enfadado e irascible. Parece casi... ¿histérico? Se sobresalta al oír ruidos altos. Hace un par de días perdió los estribos cuando sin querer cerré la puerta de la entrada de un portazo... Supongo que es lo que has dicho antes. Cada uno lleva el duelo como puede.

Lara asintió pensativa.

—Sí, pero no está bien que se enfade contigo.

—No, no pasa nada. En serio —repuso Edie con expresión triste—. Solo tengo la sensación de que le molesta que esté aquí y de que preferiría que me marchara a otro sitio. Y eso me duele, porque yo creo que nos necesitamos más que nunca. —Negó con la cabeza—. No lo sé. Últimamente yo también reacciono de forma desmedida por todo. Estoy demasiado susceptible y me comporto de un modo algo paranoico... —Vació el vaso y se inclinó hacia delante para servirse más whisky.

—Edie... —Lara se mordió el labio.

—Me has dicho que no me juzgarías, ¿recuerdas?

Lara volvió a asentir.

Edie se reclinó otra vez, se cruzó de piernas y le dio otro gran trago a su bebida.

—El problema de Ryan es que no lleva muy bien el fracaso. No tiene mucha experiencia en ese aspecto.

—¿El fracaso? —Lara frunció el ceño.

—Así es como él ve todo esto. No lo ha dicho de forma explícita, pero conozco a Ryan. Estoy segura de que piensa que le ha fallado a su amigo, que no ha estado a la altura. Y que hirió sus sentimientos al ponerse de mi lado, aunque no fue exactamente así. Es todo muy complicado y no dejo de pensar que... —A Edie se le quebró la voz—. No dejo de preguntarme por qué. ¿Qué hemos hecho para merecer esto? Somos buenas personas. No nos merecemos esto.

De repente Lara se puso de pie y fue a abrir la ventana.

—El ambiente aquí está algo cargado, ¿no te parece? —dijo. Se quedó un momento ante la ventana abierta, por la que ahora entraban los suaves rayos del sol vespertino—. Así está mejor —añadió en voz baja, casi para sí.

A su espalda Edie vació otra vez su vaso y, tras reclinarse de nuevo en el sofá, se tapó hasta la barbilla con la manta.

Por segunda vez ese día Edie se despertó con un sobresalto. En esa ocasión ya no se filtraban los rayos del sol por la ventana. La estancia estaba completamente a oscuras. Permaneció tumbada en el sofá durante unos segundos, escuchando los frenéticos latidos de su corazón. No recordaba haberse despedido de Lara; debía de haberse quedado dormida. Recordaba el whisky. Ahora podía sentir sus efectos: le dolía la cabeza y tenía la boca seca. Apartó la manta y se incorporó con dificultad. A tientas, buscó el interruptor de la lámpara que había en la mesita de la izquierda, pero en esa oscuridad era como si estuviera ciega.

Le sobrevino una arcada que la obligó a permanecer un momento inmóvil. Mientras miraba al frente sin ver nada, comenzó a tener la sensación de que no estaba sola, de que había alguien más en el salón. ¿Quizá Lara también se había quedado dormida? De pronto notó que algo se movía y, un segundo después, la luz se encendió de golpe. En la silla que había frente a ella estaba sentado Ryan, con la mano en el interruptor, observándola.

—¡Dios mío! —exclamó Edie tapándose los ojos para protegerlos del repentino resplandor—. ¡Me has asustado, Ryan!

Él no dijo nada. Su rostro era inexpresivo y tenía los ojos vidriosos. Ella se dio cuenta de que estaba borracho.

—¿Estás bien? —le preguntó en voz baja.

Él siguió sin decir nada.

—¿Qué ha pasado, Ryan? Estás empezando a asustarme...

—Tu amiguita ha venido a mi oficina —dijo finalmente.

Edie parpadeó con fuerza y se pasó una mano por el pelo.

—¿Mi amiga? ¿Te refieres a Lara?

Él negó con la cabeza despacio sin apartar los ojos de ella.

—Tu otra amiguita. La policía. Ella y un par de colegas suyos han aparecido en mi oficina para llevarme prácticamente a rastras a comisaría. Delante de todo el mundo.

—¿Qué? ¿Por qué? ¡Madre mía, Ryan, no tenía ni idea de...!

—¿Por qué? Dímelo tú, E. —Seguía sin moverse, pero su tono de voz era más alto—. Explícame por qué de repente parece que yo soy el sospechoso principal.

—¿El sospechoso principal? —repitió Edie con el corazón en la garganta—. No, Ryan, yo no he dicho nada. Yo no...

—Querían saber por qué nos peleamos esa mañana Jake y yo. También si discutimos por su película. O si envidiaba su éxito. —Ryan se rio con un gruñido, algo desagradable y amargo—. Y luego me han preguntado si nos habíamos peleado por ti. —Frunció los labios hasta formar una fea mueca de desdén—. ¿Es eso lo que les has dicho? ¿Que nos pasábamos la vida rivalizando por tu atención?

—Claro que no —respondió Edie. Las lágrimas

comenzaron a asomar en sus ojos—. Yo nunca he dicho que os pelearais por mí. Mencioné la película, pero solo de pasada. Ni siquiera sé por qué lo hice...

Ryan se puso de pie, tambaleándose ligeramente al hacerlo.

—No, yo tampoco lo sé. Pero sí sé que quiero que te vayas —dijo mientras se dirigía hacia su dormitorio.

—Ryan... —Edie había empezado a llorar.

—Lo digo en serio, Edie. —Se volvió hacia ella. La expresión de menosprecio había desaparecido. Ahora su rostro era completamente inexpresivo—. No te quiero aquí. ¿Lo entiendes? No te quiero en mi vida.

8

Cuando Ryan se fue a la cama, Edie apagó la luz y permaneció despierta en la oscuridad, tratando de apaciguar los latidos de su corazón. En algún momento debió de quedarse dormida, pues cuando volvió a despertarse había luz, y la tranquilidad y el silencio del apartamento parecían indicar que Ryan se había ido a trabajar. Se levantó, se sirvió un vaso de agua en la cocina y se tomó dos comprimidos de paracetamol. Luego descorrió las cortinas y descubrió que la vista había desaparecido. La *haar* —una espesa bruma marina— había caído, envolviendo de blanco la ciudad.

Hizo café y, al regresar al sofá, reparó en un sobre con su nombre que había sobre la mesita de centro junto a una hoja doblada por la mitad. Cogió primero la hoja, la desdobló y leyó la nota:

¡No he querido despertarte! Espero que consigas dormir bien. Te llamaré mañana. Besos.

Lara debió de dejarla el día anterior. Por la noche no la había visto, pero eso no la sorprendía teniendo en cuenta lo que había sucedido. A continuación cogió el sobre. Dentro había otra nota:

Lamento lo de anoche. Estaba alterado. Imagino que necesitamos espacio para superar el duelo. Quizá sería mejor que te buscaras otro sitio en el que quedarte una temporada?? Un beso, R.

El ánimo de Edie se levantó solo para volverse a hundir. Esperaba que Ryan cambiara de parecer. Al fin y al cabo, ¿adónde pretendía que fuera? A la casa del acantilado desde luego no. Le dio un sorbo a su café y casi de inmediato sintió una oleada de náuseas.

Corrió al cuarto de baño y, tras arrodillarse en el suelo, se aferró al retrete con ambas manos. Tuvo una arcada. No salió nada. Permaneció arrodillada, desolada y abrazada a la taza, llorando silenciosamente con los ojos cerrados para tratar de contener las lágrimas. Cuando volvió a abrirlos vio algo. Un reflejo metálico en el fondo del retrete. Metió el brazo en el agua y cogió con los dedos un pequeño objeto de metal.

Se quedó un momento sentada en el suelo, con el corazón latiéndole con fuerza y agua goteándole del brazo. Miraba boquiabierta el fino anillo de oro que sujetaba con los dedos y en el que podía leerse su nombre grabado en la parte interna. Era la alianza de Jake.

No tenía el menor sentido. Habían pasado ya varias semanas desde la última vez que Jake había estado en el apartamento de Ryan; por lo menos un mes. El anillo no podía haber estado allí todo ese tiempo. Quizá, pensó Edie, los técnicos de emergencias sanitarias se lo habían dado a Ryan para que lo pusiera a buen recaudo. Pero luego ¿qué? ¿Se había olvidado de él? ¿Lo había... tirado? Incluso en el estado en el que se encontraba la noche anterior, a Edie le costaba creer que Ryan pudiera hacer algo así.

La cabeza le iba a mil revoluciones y entonces recordó que, la mañana anterior, Neeta había estado fisgoneando por el apartamento y husmeando en el dormitorio de Ryan. También había usado el cuarto de baño. Pero ¿qué significaba eso? ¿Acaso Neeta estaba tratando de tenderle una trampa a Ryan para incriminarlo por el asesinato de Jake? ¿O —a Edie se le hizo un nudo en el estómago— estaría intentando tendérsela a ella? Aunque, claro, Lara también había estado en el apartamento, ¿no? Y también había usado el cuarto de baño. Pero, en ese caso, ¿cómo narices se las habría arreglado para hacerse con el anillo de Jake? Lara no había visto a Jake en meses.

Estaba siendo una idiota. Todo eso solo era fruto de la paranoia. ¿Verdad?

Sentada en las frías baldosas del cuarto de baño, con los ojos fijos en la alianza de Jake, Edie reparó en una especie de pitido que sonaba y se apagaba una y otra vez. Era el timbre de la puerta. Sería el cartero, probablemente. Se sintió tentada de ignorarlo, pero el timbre siguió sonando hasta que ya no pudo soportarlo más. Se puso de pie, se lavó las manos deprisa, se mojó un poco la cara y salió al pasillo. Pulsó el botón del interfono.

—¿Edie? —Era Neeta.

Con el corazón golpeándole las costillas, Edie

abrió la boca para decir algo, pero no encontró las palabras.

—¿Edie? Soy Neeta Badami.

—Ahora mismo no puedo hablar contigo, estoy...

—Edie, ¿puedes abrir, por favor?

Edie respiró hondo.

—No, no puedo. No me encuentro bien, yo...

—Necesitamos hablar contigo, Edie —dijo Neeta en un tono de voz severo como el de una profesora de escuela—. Es importante. No te entretendremos más de un minuto, pero tiene que ser ahora.

Edie pulsó el botón para abrir la puerta de la calle. Luego abrió la del apartamento y, con la mano derecha, se apoyó en el marco. En la izquierda tenía el anillo de matrimonio de Jake. Oyó los pasos de los policías mientras subían la escalera. Parecía haber muchos. Sonaba como si un ejército fuera a por ella. Sintió el repentino impulso de huir, pero no tenía ningún lugar al que marcharse ni en el que ocultarse.

Apareció Neeta, con el rostro solemne, seguida por dos agentes uniformados. No era un ejército, pues, solo tres personas. Edie se ciñó todavía más la bata que llevaba puesta. Se tambaleó ligeramente en la entrada, mareada.

—¿Qué pasa? —preguntó—. ¿Qué es tan importante?

—¿No podemos entrar un momento?

Con resignación, Edie se hizo a un lado. Los agentes de policía pasaron por delante y se dirigieron a la cocina, donde uno de ellos dejó algo en la encimera y luego se apartó. Neeta la cogió del brazo y la condujo a la cocina. Ella se dejó llevar a regañadientes. Estaba asustada, aunque no sabía exactamente de qué. Sobre la encimera de mármol había dos bolsas de plástico, y dentro de ellas un teléfono móvil y un ordenador portátil.

—¿Reconoces alguno de estos objetos? —le preguntó Neeta.

Edie notó que las piernas empezaban a temblarle. Asintió.

—Este es el portátil de Jake —respondió—. Lo reconozco por la pegatina de Warp Speed Films. El móvil... No puedo decirlo con seguridad, pero parece el suyo. —Sintió que Neeta aflojaba la mano con la que le sujetaba el brazo—. ¿Dónde los habéis encontrado?

—En el cubo de basura comunitario que hay al

final de esta calle —contestó la agente—. Uno de los vecinos los ha visto esta mañana y nos ha avisado. Le ha parecido raro que alguien tirara objetos como estos.

A Edie le daba vueltas la cabeza.

—¿El cubo de basura que hay... justo... justo... al final de la calle? —A menos de cuarenta metros de la puerta del apartamento de Ryan—. Yo no los he tirado ahí —dijo—. Lo juro por Dios.

Neeta asintió.

—No creemos que lo hayas hecho tú, Edie —repuso.

—Entonces... ¿Ryan? —preguntó con un sollozo estrangulado. Las piernas le flaquearon y comenzó a desplomarse.

Alguien (uno de los hombres uniformados, seguramente) la sostuvo antes de que cayera al suelo de la cocina. Lo último que oyó antes de perder el sentido fue el ruido metálico que hizo la alianza de Jake al escapársele de las manos y caer sobre las baldosas.

Segunda parte
NOVIEMBRE

9

Y entonces quedó solo ella.

Desde que Edie tenía uso de memoria, los tres habían sido inseparables: Jake, Ryan y Edie. Antes de Jake, antes de Ryan, Edie siempre había estado sola. Y ahora volvía a estarlo: sola y asustada.

Las asas de las bolsas de la compra se le clavaban dolorosamente en las palmas de las manos mientras recorría tan deprisa como podía los ochocientos metros que había desde la parada del autobús hasta la casa del acantilado. Hacía mucho frío y estaba comenzando a oscurecer, con lo que sus pulsaciones empezaban a aumentar. De noche no veía nada, no podía permitirse estar fuera a oscuras.

Se había mudado de vuelta a la casa del acantilado hacía un mes. No había tenido otra elección: después de que Ryan fuera arrestado y acusado del asesinato de Jake, Edie se había quedado en su apartamento hasta que el contrato de arrendamiento llegó a su fin. Ella no podía pagar un alquiler como ese, y los intentos de vender la casa del acantilado habían resultado infructuosos. La había enseñado unas cuantas veces, pero no había recibido ninguna oferta. «Vuelve a probar en verano —le dijo el agente inmobiliario—. Nadie quiere comprar una casa a oscuras.» Nadie quiere comprar una casa solitaria en un acantilado que está erosionándose y cuyo último ocupante ha sido brutalmente asesinado. Eso no se lo dijo, pero Edie lo infirió.

De momento, pues, estaba atrapada ahí, sola en la creciente oscuridad. En línea recta, la casa estaba a poco más de tres kilómetros del pueblo más cercano, pero cuando caía la noche parecía que se encontrara en el confín más lejano del mundo. A norte y sur había sendos promontorios boscosos, y la única otra señal visible de vida eran los barcos que pasaban silenciosamente cerca del acantilado. Ninguna luz ni, tampoco, ningún sonido: allí no se oían griteríos de borrachos ni risas de niños. Solo el viento meciendo los abetos que había detrás de la casa, las olas rompiendo contra las rocas y los ineludibles graznidos de las gaviotas.

Los problemas de Edie también parecían ineludibles: en forma de correo del día apilado sobre el del día anterior, la esperaban a los pies de la puerta cuando la abrió empujándola con el hombro. La mayoría serían facturas que no podía pagar. Pasó por encima, encendió las luces y la calefacción y se dispuso a ordenar la exigua compra que había hecho. El ruido que hacía el aire en las tuberías la ponía de los nervios.

En cuanto hubo guardado la compra se sentó a la mesa de la cocina y consultó el correo electrónico por si tenía respuesta a alguna de las solicitudes de empleo que había realizado. Pero no había nada salvo correo basura y chorradas publicitarias, entre ellas un email de StoryTime, la empresa de Lara, ofreciéndole una prueba gratuita.

Eddie cerró el portátil y se armó de valor para lidiar con el correo físico. Comenzó a revisar los sobres y fue dejando los que contenían «últimos avisos» a un lado. Había una carta de los juzgados informándola de que el juicio de Ryan se celebraría al cabo de tres meses. Y otra con el sello de la prisión de Edimburgo.

Edie había abierto las primeras cartas que le había enviado Ryan. En cada una de sus líneas había podido percibir su desesperación y su incredulidad ante la posibilidad de que ella pudiera creer que era el culpable del asesinato de Jake. Edie no había dejado de darles vueltas a las súplicas que le hacía para que fuera a visitarlo y, tras pensárselo bien, había decidido solicitar una visita.

Fue entonces cuando intervino Neeta.

—Antes de que vayas a verlo, Edie —le advirtió—, creo que deberías conocer los hechos.

La policía le explicó que las pruebas que incriminaban a Ryan eran sólidas, tanto en términos forenses como en lo que respectaba al motivo. No había ningún otro sospechoso. Ryan había intentado señalar a otro lado y había hecho descabelladas acusaciones contra una mujer misteriosa cuyo nombre no podía recordar. Lo cierto, sin embargo, era que simplemente no había nada que sugiriera la intervención de otra persona.

Neeta le había mostrado a Edie la carpeta dedicada al caso. Para horror de esta, los documentos que contenía le demostraron que no conocía para nada a

Ryan. Y que tampoco conocía a Jake. Ambos habían estado engañándola y traicionando su confianza durante años. Era como si hubieran estado viviendo una vida paralela acerca de la cual ella no sabía nada.

En primer lugar no tenía ni idea de lo endeudados que estaban Jake y ella. Él había estado tomando prestadas de Ryan grandes cantidades de dinero con regularidad desde que empezaron a tener problemas económicos. Según los emails entre los dos amigos, después de que Jake heredara la casa Ryan había comenzado a preguntarle cuándo iba a devolverle algo de ese dinero. Ninguno de los dos le había mencionado nada de esto a Edie.

Tampoco habían hablado nunca del hecho de que Jake hubiera intentado disuadir a Ryan de que se mudara a Edimburgo. Jake le había escrito diciéndole que Edie y él «necesitaban distanciarse» de él, y que esta era una de las razones por las que se habían mudado. Lo cual, en lo que respectaba a Edie, no era cierto.

En otra cadena de emails, Jake hacía referencia a «lo que había pasado con Tania» y «la movida con L», y le preguntaba a Ryan si realmente quería que Edie se enterara de «la verdad». Ella no tenía ni idea de qué significaba todo eso. Sabía quién era Tania: una exnovia de Ryan de hacía mucho tiempo. Su separación no había sido precisamente amistosa. Edie recordaba el uso de adjetivos como *loca* e *inestable* para referirse a ella. En cuanto a «L», podía tratarse de distintas personas. Estaba Lara, claro, a quien Jake conocía un poco, pero también había otras posibilidades entre los ligues de Ryan. A bote pronto Edie recordaba al menos dos Lizzies, una Leanne y una Lucy.

Después de que Neeta le enseñara el dosier, Edie había buscado a Tania en Facebook pero no había encontrado nada de interés: se había casado hacía tiempo y ahora solo subía fotografías de sus hijos. Ni Ryan ni Jake habían sido nunca activos en redes sociales. Lo que sí había descubierto Edie era un grupo de Facebook de antiguos alumnos de su escuela en el que recientemente ellos tres habían sido objeto de mucha discusión. Algunos antiguos compañeros de clase habían colgado enlaces en las noticias sobre el asesinato de Jake, muchas de las cuales incluían detalles escabrosos del crimen que se habían filtrado a la prensa. Lo peor, sin embargo, era que, además de las noticias sobre el asesinato y el arresto de Ryan, había decenas de comentarios, y casi todos eran especulaciones desagradables y cotilleos:

¡Mirad esto! No puedo decir que me sorprenda, esos tres siempre fueron muy raros.

Ryan Pearce daba mal rollo.

Jake Pritchard era homosexual, sin duda esto ha sido una riña entre amantes.

¿Un *ménage à trois* que acaba mal?

Ella se ha ido de rositas, ¿no?

Siempre fue una zorra estirada.

Es imposible que ella no haya tenido nada que ver.

Edie había cerrado el navegador y desde entonces no había vuelto a consultar las redes sociales. No tenía ningún interés en las vidas ni en las opiniones de ninguna de esas personas odiosas. Ryan, Jake y ella eran mucho mejores que ellos, siempre lo habían sido. Pertenecían a una categoría completamente distinta.

Pero eso era antes. Ahora, al levantarse de la mesa y tirar la carta sin abrir de Ryan a la papelera, Edie vio su reflejo en el cristal de la ventana. Su pálido rostro le devolvió la mirada, triste y solitaria como la de un fantasma.

10

Cuando Edie salió de casa, todavía estaba oscuro. Salir a correr antes del amanecer era peligroso a causa de su pobre vista. Pero no tenía mucha elección, pues en esa época del año el sol salía a las ocho de la mañana, y algunos días parecía que ni siquiera se molestaba en hacerlo. Y tenía que correr. Era lo único que la mantenía cuerda. Así pues se levantó, se calzó las zapatillas deportivas, se puso la linterna frontal, salió y echó a correr. Restos de la niebla flotaban entre las oscuras ramas de los árboles y parecía que colgaran de ellas como espectros.

Ya de vuelta en casa, con las piernas tan pesadas como si fueran de plomo, estaba a punto de darse una ducha cuando le sonó el móvil. Edie se sintió tentada de ignorarlo; últimamente las llamadas telefónicas nunca traían buenas noticias. Al ver el número de Lara en la pantalla, sin embargo, su ánimo se levantó. Contestó. Escuchó a Lara parlotear, que le contaba lo ajetreada que estaba en esa última visita a Londres, corriendo de una cita a otra: a su peluquero favorito para un baño de color, al oculista para las lentillas nuevas... Luego tenía más reuniones y después tal vez una cita, aunque no estaba segura de que el hombre con el que había quedado fuera su tipo.

Edie trató de mostrarse igual de animada, pero descubrió que no podía. Con gran vergüenza se vio entregándose a un discurso autocompasivo sobre lo sola que estaba y lo cansada que se sentía. No podía concentrarse en la lectura, y ver la tele la hacía sentir todavía más triste. No importaba lo que viera, tanto si se trataba de una comedia, un drama o un documental de animales, siempre se sorprendía a sí misma queriendo comentarlo con Jake, tal y como solía hacer.

Lara le respondió en un tono tranquilizadoramente cariñoso.

—¿Sabes lo que necesitas, Edie? Compañía.

Deberías hacerte con un perro. Hay una protectora de animales en...

—No me van mucho los perros —contestó ella.

—Bueno, también tienen gatos. Con un gato no puedes salir a correr, claro, pero pueden ser muy reconfortantes.

—La verdad es que no me gustan los animales.

—Ah, bueno. —Lara parecía decepcionada.

—Que no me gusten los animales no me convierte en una mala persona.

Lara se rio.

—¡Claro que no! Solo estaba intentando pensar en algo que pudiera alegrarte un poco...

—Me estaba planteando probar tu cosa esa de los pódcast. Ya sabes, una de las historias —dijo Edie—. El otro día recibí un email de publicidad. Ayer, de hecho. Y estaba pensando que quizá escuchar algo me ayudaría a dormir.

—¡Sí! Son perfectos para eso. La verdad es que un montón de gente me ha dicho lo relajante que resulta escuchar una historia para ir a dormir. Hay una... ¿Cómo se llama? ¡Ah, sí! *La gran oportunidad.* Es una comedia romántica, divertida y conmovedora. Deberías probarlo.

Esa noche, después de cenar una tostada con

alubias de bote, Edie se dio un baño de agua caliente, roció de lavanda su almohada, conectó el móvil al altavoz del dormitorio y clicó en el enlace de la historia que le había recomendado Lara. A las once y cuarto apagó la luz y se tapó con el edredón, contenta por tener algo más que escuchar aparte de las olas y las gaviotas. Efectivamente, la historia era divertida y la voz de la narradora resultaba calmante. Lo siguiente que recordaba Edie era haberse dado la vuelta en la cama y descubrir en el reloj de la mesita de noche que eran casi las cinco de la madrugada.

¡Había dormido!

Era lo más cerca que había estado nunca de experimentar un milagro.

11

Correr, comer, dormir, repetir.

En diciembre la oscuridad reinaba cada día un poco más. El mundo de Edie parecía abarcar únicamente la casa, los bosques y el sendero de la costa. Todo penumbroso, todo gris. Aun así ella llenaba de aire sus pulmones y cada día corría más lejos, más rápido: trece kilómetros, catorce, quince. Corría hasta que apenas podía mantenerse en pie. Se agotaba para que, al llegar la noche, con la ayuda de las historias, pudiese dormir.

A veces escuchaba la misma una y otra vez. Le resultaba reconfortante oírla de nuevo sabiendo que no necesitaba seguir una trama sorprendente, solo escuchar una voz que la arrullara hasta quedarse dormida. A veces la historia que estaba escuchando se terminaba mientras dormía y automáticamente empezaba otra. A veces se quedaba dormida escuchando una voz y se despertaba con otra.

Eso fue lo que le sucedió una noche a principios de diciembre: se quedó dormida escuchando cómo un hombre estadounidense contaba una divertida historia sobre una familia que vivía en la campiña californiana, pero se despertó a primera hora de la mañana con algo del todo distinto. Para entonces una voz de mujer había empezado a contar una historia distinta que tenía lugar en otro escenario: una casa solitaria rodeada por una arboleda, una casa moderna de piedra gris y hormigón, con una pared de cristal que daba al mar.

A Edie se le aceleró el pulso.

La voz describió a continuación un salón con cocina americana, la chimenea de piedra, la claraboya en la cocina, en la que una gaviota había construido su nido.

Se incorporó de golpe en la cama. Se abalanzó sobre la mesita de noche para coger el móvil, pero en su lugar tiró al suelo la lámpara que había encima. Tras agarrar el móvil, deslizó con desesperación un dedo por la pantalla para desbloquearlo mientras la voz seguía en marcha, describiendo el acantilado cada vez más erosionado que había al final del jardín... Al final Edie consiguió cerrar la app. Se hizo el silencio.

Durante un momento permaneció inmóvil, en estado de shock, aferrada al móvil, que se había llevado al pecho. Bajo la piel de la muñeca el pulso le palpitaba a toda velocidad como un pájaro atrapado. Los pensamientos se sucedían deprisa y estaba comenzando a entrar en pánico. Respiró hondo y se recordó a sí misma que antiguamente la casa se alquilaba. Cada verano el padre de Jack viajaba al extranjero y, en su ausencia, la casa se arrendaba a turistas. Además, el padre de Jack también debía de tener amigos y debía de haber recibido visitas. Y luego estaba la gente que había ido a ver la casa cuando ella intentaba venderla.

Edie logró calmarse y convencerse a sí misma de que estaba reaccionando de un modo desmedido. Sí, resultaba escalofriante, pero no era más que una casualidad, una mera coincidencia. Sintiéndose algo idiota, salió de la cama para recoger la lámpara, después volvió a meterse en ella y abrió la app. La historia que estaba escuchando se titulaba *Un lugar especial en el infierno*. El autor aparecía acreditado únicamente con sus iniciales: G.A.L.

«Déjalo estar —pensó Edie—. Apágalo o escucha otra historia.»

Pero no podía dejarlo estar.

Presionó el botón de *play*.

Es un cálido día de julio. La puerta corredera de cristal que da al acantilado está abierta. El aroma del mar, ese olor acre a salitre y algas, asciende hasta la casa. En su interior, el resonante silencio de un espacio recientemente ocupado y ahora vacío. Un espacio antaño lleno de vida, ahora desolado. En el suelo yace un hombre. O lo que antes era un hombre y es, ahora, un cadáver. La sangre todavía mana poco a poco de la herida en la cabeza, la hendidura que el fuerte impacto de un pesado objeto de cristal le ha hecho en la cabeza.

Estaba soñando. Era eso. Tenía que serlo. Estaba en medio de una de esas pesadillas hiperreales que a veces tenemos, esas en las que soñamos que nos hemos despertado y descubrimos que siguen sucediendo cosas extrañas. Uno de esos sueños en los que sabemos que estamos soñando y tenemos que esforzarnos para despertarnos.

Solo que ella no podía despertarse.

Se sentó en la cama con la luz apagada y los ojos fijos en la ventana que tenía enfrente, en la nada que había fuera, escuchando cómo una voz le contaba una historia que ya conocía.

Era una historia de venganza.

En el primer episodio tenía lugar el planteamiento: Rosie es una chica inteligente que aprueba un examen para no tener que pagar las tasas de una escuela privada situada en el Sussex rural. Es preciosa y brillante y la acosan porque proviene de una familia pobre y caótica. «Pobretona», la llaman. «¡La guapa pobretona!» A medida que se va haciendo mayor y más guapa, Rosie recibe cada vez más atención, en su mayor parte de los chicos. La atención que le dedican es distinta y Rosie la acepta como si se la ofrecieran desinteresadamente, cosa que no es así. Las paredes de los servicios están cubiertas de grafitis sobre Rosie, sobre lo que hace, dónde y con quién.

Tres de sus compañeros de clase no participan en el acoso. Estos tres —Michael, Josh y Ellen— se mantienen aparte. Forman un círculo cerrado, una pequeña pandilla separada del resto. Pero uno de los chicos —el guapo, Michael— ha comenzado a reparar en Rosie. Le sonríe cuando se cruza con ella en el pasillo, y la sonrisa no es solo lasciva. Es otra cosa. A ella le parece que él podría ser distinto.

Un fin de semana se celebra una fiesta en casa de un compañero de clase y Rosie se arma de valor para ir. Soporta los comentarios maliciosos sobre su ropa barata y sus pendientes de Primark insensibilizándose a base de vodka. Cuando el grupito de tres aparece, Rosie los saluda. Ellen la ignora, y va a sentarse sola en otro lado, pero los dos chicos se quedan y hablan con ella. Beben más vodka. En un momento dado deciden ir a explorar el primer piso. Llegan a un dormitorio. Alguien le quita a Rosie la parte de arriba, le sube la falda y le baja las bragas. Empieza a sacar fotografías.

Nadie cree que Rosie —«la guapa pobretona»— no accediera a todo ello. Por más que afirme haber sido agredida, todo el mundo se apresura a considerar sus denuncias mera fantasía, sobre todo cuando Ellen corrobora la versión de Michael y Josh y jura que los chicos nunca estuvieron a solas con Rosie.

Ahora Rosie no es solo pobre. No es solo una puta. También es una mentirosa. Y el acoso no hace sino empeorar cuando comienzan a circular por clase fotografías de ella borracha y desaliñada, con la piel desnuda a la vista y el rostro deformado por una mueca. Destrozada y avergonzada, Rosie deja de ir a la escuela. Deja de comer. Se bebe media botella de vodka acompañada de unas cuantas píldoras.

Afortunadamente se recupera. Primero la salvan los técnicos de emergencias sanitarias y luego un buen psicólogo, una nueva escuela y un profesor amable. Rosie recuerda que no solo es guapa, sino también inteligente. Se saca los exámenes de acceso a la universidad, estudia una carrera y deja atrás el trauma cual serpiente que muda de piel.

Hasta que un día, pasados quince años de la noche de la fiesta y a cientos de kilómetros de la escuela, Rosie lo ve, ve a Michael. Va caminando por la calle y tiene exactamente el mismo aspecto, alto y guapo. Lo observa mientras entra en un bar y se dirige a una mesa en la que también se encuentran Josh y Ellen. Los tres, juntos y despreocupados, se abrazan, ríen y viven sus vidas felices y libres de culpa. Una oleada de pura furia largo tiempo reprimida recorre el cuerpo de Rosie y entonces lo decide: piensa ponerle fin a todo esto.

Segundo episodio: en medio de la noche Rosie conduce hasta la remota casa en la que ahora Josh vive con Ellen. Aprovechando que ella está fuera por trabajo, entra en la casa y lo mata golpeándole salvajemente el cráneo con un pesado jarrón de cristal. Luego emprende la delicada tarea de incriminar a Michael. Y, una vez que por fin está entre rejas, centra toda su atención en su objetivo final, el verdadero premio: Ellen.

Edie estaba paralizada por el miedo. Se sentía demasiado aterrorizada hasta para moverse. Su dedo permanecía sobre el enlace del tercer episodio, listo para clicar en él. ¿No podía despertarse de una vez? ¿No podía terminar con esa pesadilla? Con el corazón golpeándole con fuerza en las costillas, presionó el enlace. El aparato emitió un tintineo y apareció un mensaje en la pantalla: «¡El tercer episodio de esta historia se estrenará el 8 de diciembre! ¡Gracias por escuchar!».

Edie cerró los ojos aliviada. No tenía que escucharlo. No tenía que descubrir cómo terminaba la historia. De repente el móvil vibró en su mano y ella se sobresaltó. Miró la pantalla. Había un mensaje de texto procedente de un número desconocido:

¿QUÉ SUCEDE A CONTINUACIÓN?

12

Cuando ya por la mañana el sol comenzó a alzarse por encima del mar, la cama de Edie estaba cubierta de papeles, tarjetas y fotografías. Eran recuerdos de infancia y adolescencia que había sacado de las cajas de zapatos que guardaba en el fondo del armario. En los dedos sostenía la fotografía más antigua que había podido encontrar en la que aparecía junto a Jake y Ryan. Los tres estaban montados en sus bicicletas en el camino de entrada de casa de los padres de Jake. Iban vestidos con pantalones cortos y camisetas, y tenían los ojos entrecerrados a causa del sol. Debían de tener unos trece años.

Edie miró las fotografías y se sintió plena, abrumada por el amor que sentía por ellos y por el dolor que ahora la asfixiaba. Consultó el móvil lo que le parecía ya una quincuagésima vez para comprobar si había recibido algún mensaje más o si Lara había contestado a sus mensajes de texto, enviados horas atrás, en mitad de la noche, pidiéndole que la llamara lo antes posible.

También consultó la hora. ¿Cuán pronto era demasiado pronto para llamar a Neeta Badami? ¡Tenía que explicarle que Ryan era inocente! ¡Esto lo demostraba! Esta historia era una confesión.

El problema de llamar a Neeta era el siguiente: los detalles del asesinato eran públicos gracias a las filtraciones a la prensa. Y era posible que, quienquiera que hubiera escrito la historia, hubiese visitado la casa alquilándola mediante plataformas como Airbnb o como potencial comprador. Y luego estaba el hecho de que no eran los detalles del asesinato los que demostraban la autenticidad de la confesión, sino la primera parte de la narración.

Porque, en efecto, habían asistido a una fiesta como esa cuando eran adolescentes. Eso era cierto. Y también había habido una chica, rubia y de tetas grandes, una chica con cierta reputación. Se había repasado a la mayoría de los chicos del curso superior. Y después le había echado el ojo a Ryan y había comenzado a seguirlo a todas partes poniéndole ojitos. Edie no podía soportarla. Esta chica había acudido a la fiesta y se había arrojado a los brazos de Ryan. Luego se había inventado la historia de que Jake y Ryan la habían conducido a una habitación, se habían aprovechado de ella y le habían sacado fotos.

Cuando a la hora del almuerzo del lunes posterior a la fiesta llamaron a Edie al despacho del director de la escuela para dar su versión de los acontecimientos, contó una mentirijilla. Dijo que había estado con los chicos toda la noche. No era la verdad, pero bien podría haberlo sido. Ryan no necesitaba aprovecharse de ninguna chica. Las chicas se le ofrecían todo el rato. Y Jake solo tenía ojos para Edie. Ambos eran inocentes.

La buscona dejó la escuela unas pocas semanas después de la fiesta y nunca supieron nada más de ella. Edie ni siquiera había vuelto a pensar en ella. Ahora, mientras revisaba papeles, fotografías y recuerdos de sus años de instituto, no podía encontrar ni una sola fotografía suya ni tampoco la más mínima mención en la revista de la escuela. Y, por mucho que se esforzaba, era incapaz de recordar su nombre.

Pero conocía a una persona que, estaba segura, no se habría olvidado de esa chica.

Ryan.

13

Edie se preguntó qué pensaría la gente si pudiera verla ahora, si pudiera seguirla mientras cruzaba el puesto de seguridad de la prisión con las manos sudadas y temblorosas, sin apartar la mirada del suelo, levantando momentáneamente los brazos para que la pudieran cachear, con el corazón latiéndole con fuerza porque pronto vería, por primera vez en meses, al hombre acusado de abrirle el cráneo a su marido.

¿Pensaría la gente que ella había tenido algo que ver, tal y como hacían sus antiguos compañeros de clase en Facebook? ¿Era eso lo que pensaría Neeta? Edie todavía no había hablado con ella, ni sobre el pódcast ni sobre la visita. Había decidido que primero tenía que mantener una conversación con Ryan.

Después de vaciar sus pertenencias en las taquillas, condujeron a Edie y las otras visitantes —las mujeres de rostro triste, las madres, hijas, esposas y novias cuyos hombres les habían fallado de un modo tan terrible— a la sala de visitas. Edie miró a su alrededor. Se sentía fuera de lugar en semejante compañía. Tenía que recordarse continuamente cosas como: «No soy como ellas. Soy distinta. Ryan no me ha defraudado. Ryan es inocente».

Cuando los presos entraron, Edie pudo sentir el hormigueo de la adrenalina recorriéndole el cuerpo. Y, cuando lo vio, pensó que el corazón le iba a explotar. El apuesto rostro de Ryan estaba ahora demacrado y pálido, y en su barba destacaban algunas zonas grises que antes no tenía. Cuando se le acercó, Edie reparó en que tenía un corte en el pómulo izquierdo y alrededor del ojo todavía podía percibirse el matiz verdoso de un antiguo moratón.

En los labios de Ryan se formó esa familiar media sonrisa y a ella le dio un vuelco el corazón.

—Se te ve cansada, E —dijo él ladeando la cabeza al tiempo que se sentaba frente a ella.

Por un momento Edie fue incapaz de decir nada. Se lo quedó mirando con los labios ligeramente abiertos.

—¡Venga ya! —añadió él—. ¡Tampoco tengo tan mal aspecto!

Ella negó con la cabeza.

—¿Estás...? —La voz le salió como un graznido y tosió para aclarársela—. ¿Estás bien?

—Mejor ahora que te veo —aseguró él. Extendió una mano por encima de la mesa.

Edie, paralizada por la emoción, no se la cogió, de modo que él la retiró cuidadosamente y juntó las manos debajo de la mesa. Guardó silencio unos segundos y luego levantó la vista con expresión esperanzada.

—Ya pensaba que habías perdido la fe en mí —dijo.

Edie sentía que se le iba a romper el corazón.

—¿Sabías que el juicio es en tres meses? Solo tres meses... —Ryan echó un vistazo alrededor de la sala y, cuando su mirada volvió a encontrarse con la de ella, esta reparó en que sus ojos estaban húmedos—. Yo no lo hice. Tú lo sabes. Tú sabes que yo jamás podría hacerlo, Edie.

—Sí —consiguió decir ella al fin—. Lo sé. Ahora lo creo.

Ryan inclinó la cabeza y comenzaron a temblarle los hombros.

—No puedes imaginarte lo mucho que eso significa para mí —se las arregló para decir.

Edie lo observó unos instantes, presionándose los labios con el puño para evitar ponerse a llorar.

—Te creo —afirmó al cabo de un momento—, pero no comprendo por qué me ocultasteis cosas, por qué me mentisteis...

—No te mentimos —repuso Ryan mirándola directamente a los ojos y pasándose una mano por el pelo—. No eran más que estupideces, E. Cosas que no tenías por qué saber...

—¿Estupideces? —repitió ella entre dientes y con los ojos abiertos como platos—. ¡Estamos hablando de miles y miles de libras, Ryan! Ni siquiera sé adónde fueron a parar. Desde luego no se los gastó en mí, ni en la casa, ni... —Extendió las manos confundida—. ¿Qué hizo con el dinero?

Ryan giró el rostro un momento antes de mirarla de nuevo.

—Se apuntó al curso ese de escritura de guiones. Ya sabes, aquel que decías que no os podíais permitir. Estaba intentando mejorar, intentando volver al ruedo... También hizo algunas inversiones. Malas. Yo traté de explicarle que uno solo debía invertir en cosas exóticas si podía permitirse perder ese dinero, pero no quiso escucharme. No quería que nadie le dijera qué debía hacer. Y menos aún que lo hiciera yo. —Ryan se inclinó hacia delante sobre la mesa y, manteniendo el tono de voz bajo, prosiguió—: Estaba avergonzado, ¿vale? Le daba vergüenza estar pidiéndome dinero continuamente. —Irguió la espalda una vez más—. Discutí con él. Le dije que no debía ocultártelo, pero él no me escuchaba. No quería que lo menospreciaras. De modo que le seguí el juego. —Le tendió una mano a Edie y esa vez ella sí se la cogió.

El tacto de la mano de Ryan hizo que sintiera una descarga eléctrica. Notó que se sonrojaba y apartó la mirada.

—Siempre nos hemos apoyado mutuamente, ¿verdad, Edie? Mírame. Siempre nos hemos ayudado.

Durante un largo rato ella no dijo nada. Cuando sus ojos por fin volvieron a encontrarse con los de él, le preguntó:

—¿Te acuerdas de esa chica de la escuela, Ryan? ¿La que dijo que la agredisteis? Esa a la que los demás llamaban «pobretona».

Ryan se echó hacia atrás en la silla con el ceño fruncido.

—¿Qué?

—¿No te acuerdas? —insistió Edie—. Yo tenía catorce años, así que Jake y tú debíais de tener quince. Fuimos a esa fiesta y...

—Sí, me acuerdo de eso —la interrumpió Ryan—. ¡Claro que me acuerdo! Contó que la había... violado —dijo entre dientes—. Uno no se olvida de algo así. —Una expresión de decepción se dibujó fugazmente en su rostro—. ¿Por qué me preguntas por eso?

—Ahora no puedo explicártelo. No tenemos mucho tiempo, pero es importante que averigüe algunas cosas sobre esa chica. Necesito saber si te acuerdas de su nombre.

Ryan dejó escapar un rápido suspiro.

—Louise —contestó—. Se llamaba Louise Grant.

Louise Grant. ¡Eso era! Oír su nombre le trajo a la memoria el recuerdo claro de ellos tres —Jake, Ryan y ella misma— de pie ante las puertas de la escuela a la hora del almuerzo el lunes posterior al fin de semana de la fiesta. Ryan rodeaba los hombros de Edie con un brazo mientras Jake permanecía apoyado contra la valla con expresión apesadumbrada y un cigarrillo en la mano.

—Esa chica, Louise, está diciendo un montón de cosas sobre nosotros —le había explicado Ryan a Edie—. Dice que la agredimos y que le hicimos cosas. —Ryan tenía los ojos abiertos como platos y hablaba en un tono suplicante—. Tienes que ayudarnos, E. Podríamos meternos en un lío muy gordo.

Edie recordaba haber mirado alternativamente a Ryan y a Jake, pero este último rehuía su mirada.

—Tú nos conoces —había seguido diciendo Ryan—. Sabes que nosotros no podríamos hacer algo así. Tienes que decírselo, E. Tienes que decirles que no es cierto.

Edie se quedó mirando a Ryan en la sala de visitas. Se fijó en el moratón del ojo y en las uñas de los dedos, mordidas hasta la raíz. Habría hecho cualquier cosa por ellos dos, y también la haría ahora. Aun así había algo a lo que no dejaba de darle vueltas.

—Hay otra cosa, Ryan.

—El tiempo ya casi se ha terminado, Edie, y necesito...

—Alguien te vio —lo interrumpió Edie—. El día que Jake murió, un tipo que estaba paseando a su perro te vio aparcar el coche fuera de casa veinte minutos antes de lo que le contaste a la policía.

—Pensaba que habías dicho que me creías —dijo Ryan alzando la voz.

—¿Por qué les mentiste? ¿Qué hiciste durante esos veinte minutos?

Ryan se inclinó hacia delante y, tras apoyar los codos sobre la mesa, comenzó a masajearse el cráneo con las puntas de los dedos. Respiró hondo.

—Jake y yo tuvimos una discusión uno o dos días antes. No habíamos hablado desde entonces. Ni siquiera estaba seguro de si me dejaría entrar. Estuve esos veinte minutos pensando qué iba a decirle.

—¿Qué discusión? Nunca me lo contaste. Por aquel entonces yo estaba viviendo en tu apartamento, Ryan. ¿Por qué no me hablaste de esa discusión?

Ryan negó con la cabeza con expresión preocupada.

—Porque la discusión fue sobre ti —dijo.

Edie se sonrojó.

—¿Cómo? —Se sentía avergonzada, pero también complacida. Nunca había podido evitar la sensación de satisfacción que le proporcionaba el hecho de que compitieran por ella.

Ryan la miró a los ojos y reparó en su expresión, en su vergüenza. Apartó la vista. Él también se sentía avergonzado. Avergonzado por ella.

—No quería decir que la discusión fuera por ti, Edie. Fue sobre ti.

Edie se sonrojó todavía más.

—Ya, vale. Pero ¿a qué te refieres con eso?

—Yo quería que Jake fuera honesto contigo —dijo Ryan, y sus miradas se encontraron un momento antes de que él apartara la vista otra vez—. Acerca de la mujer a la que había conocido.

A Edie le pareció oír un fragor como el del mar, como el del viento en las copas de los pinos que había tras la casa. Notó como si el suelo que había bajo ella estuviera inclinándose. Se aferró al tablero de la mesa con ambas manos.

—¿Qué?

Ryan exhaló un suspiro.

—Estaba quedando con alguien, Edie. Los vi juntos, en el bar del Balmoral. Ellos... Bueno, era muy evidente que estaban juntos. Él me mintió, claro. Me dijo que era una productora, pero su secretismo respecto a ella y lo mucho que se enfadó cuando lo interrogué me dejaron claro que no decía la verdad.

Por un momento Edie se quedó sin palabras.

—Pero... —dijo finalmente—. ¿Por qué no me contaste todo esto?

Ryan la observó unos segundos y luego alzó ambas palmas.

—¿Cómo iba a hacerlo, E? No podía hacerle algo así a él, ni a ti. Y además tú nunca me habrías creído. Siempre has sentido un amor ciego por él.

—Pero... —Edie estaba perpleja—. ¿Cómo pudo siquiera conocer a alguien? Apenas salía de casa.

Ryan sonrió con tristeza.

—La conoció a través de ti. No recuerdo su nombre. ¿Lorna? ¿Laura, quizá? Una chica de tu club de *running*.

—¿Lara?

—Sí, eso es. Lara.

14

Se acercaba una tormenta.

Se había activado una alerta roja, dijeron en las noticias. Se pronosticaban fuertes lluvias con vientos de ochenta kilómetros por hora y rachas de hasta ciento treinta. «Que venga», pensó para sí Edie mientras bajaba del autobús esa tarde. Ya estaba comenzando a oscurecer. El viento soplaba con fuerza desde el mar. «Que venga. Que eche la casa abajo y arrastre este lugar podrido al mar.»

Edie irrumpió en la casa cual torbellino y se puso a buscar señales de lo que Ryan acababa de contarle. Registró el despacho de Jake y volcó todo lo que contenía su escritorio al suelo. Sacó toda su ropa del armario y olisqueó los cuellos en busca de algún perfume desconocido, pero solo distinguió levemente el aroma de su marido. Inspeccionó sus abrigos por si encontraba algún pelo largo incriminatorio. Revisó los bolsillos por si había algún recibo acusador. No encontró nada.

¿Lara? ¿Jake y Lara? No era posible, ¿verdad? Edie llamó a Lara por teléfono una decena de veces y le dejó una decena de mensajes en el buzón de voz. «Por favor, llámame. Es urgente. Necesito hablar contigo, Lara.» Se había estado devanando los sesos intentando pensar en todas las veces que había visto a Jake y a Lara en la misma estancia. No habían sido muchas. Habían quedado todos una vez en la ciudad para tomar algo. También habían corrido una media maratón juntos el año pasado y, después de eso, Lara había ido allí a cenar una noche. En esa ocasión bebieron mucho y Jake se fue a la cama pronto, dejándolas a ellas dos peleándose con los mosquitos en la terraza. Eso había sido todo.

¿Seguro? Edie pensó en el estado de ánimo de Jake los meses previos a su muerte: su paranoia, esos extraños celos, su respuesta cuando ella le dijo que había recibido un mensaje de Lara. ¿Acaso todo eso no había sido más que una especie de reacción proyectada? ¿Era posible que hubiera estado actuando de un modo extraño no porque no confiara en ella, sino porque se sentía culpable?

Se puso el abrigo favorito de Jake y, tras envolverse el cuerpo con él, cruzó con paso triste la casa en dirección a la cocina. Sobre la encimera había una bolsa de plástico que contenía el ordenador portátil de Jake. La policía todavía tenía su móvil, pero le habían devuelto el portátil hacía un par de semanas. Edie ni siquiera había abierto aún la bolsa. Ahora, mientras lo miraba, notó que la adrenalina comenzaba a recorrer sus venas una vez más.

Si había alguna señal de que Lara y Jake habían tenido una aventura, estaría en el portátil, no oculta entre facturas de teléfono y cartas de rechazo de cadenas de televisión. Si quería saber realmente qué había sucedido en los últimos meses de la vida de su marido, el ordenador era el lugar en el que debía mirar. La pregunta era: ¿estaba segura de que quería hacerlo?

Después de unos pocos intentos dio con la contraseña: la fecha de su boda. Resultaba irónico que hubiera escogido la fecha en la que intercambiaron votos para esconder las señales de que tenía una amante.

Pero si había alguna señal, Edie no pudo encontrarla. No había nada en sus emails, ningún mensaje de o para Lara, ni tampoco de ninguna otra mujer misteriosa, de hecho.

Edie abrió la carpeta en la que guardaba los archivos de trabajo, inspeccionó algunas de sus ideas para series y propuestas a medio escribir para cadenas de televisión. En una carpeta llamada «FOTOS» vio las fotografías de su boda escaneadas. También había unas de hacía algunos años de unas vacaciones que pasaron en Italia con Ryan, y otras en un parque cercano a su vieja casa de Londres.

En una subcarpeta con el nombre de «FOTOS1» halló una carpeta llamada «L». A Edie le dio un vuelco el corazón. Tras armarse de valor por si encontraba algo sórdido —fotos de Lara en ropa interior o, peor, un vídeo—, abrió la carpeta. Dentro solo había dos archivos. El primero era una fotografía de Lara, aunque no precisamente sexy. Se la veía después de haber corrido la media maratón de Edimburgo del año anterior, flanqueada por Edie y Jake. Los tres sonreían a la cámara, sudorosos y con los rostros enrojecidos.

La segunda fotografía no tenía nada que ver con Lara. Se trataba de una vieja fotografía del equipo de atletismo de la escuela. Si se aguzaba la mirada podía reconocerse a Edie en la primera fila, con el pelo cortado a tazón. Detrás de ella, en la segunda fila, Ryan y Jake estaban de pie, el uno al lado del otro, con los brazos cruzados.

Edie cerró el archivo. Se levantó para ir a encender el hervidor de agua. La mente le iba a toda prisa. Algo seguía perturbándola. Algo sobre esa última imagen. Regresó al ordenador y volvió a abrirla. Se inclinó y la amplió. ¡Ahí! En la primera fila, dos o tres caras más allá de donde estaba sentada ella, había una rubia de ojos azules guapísima. Louise.

Su móvil comenzó a vibrar en el bolsillo de los pantalones. Lo cogió y miró la pantalla. Un mensaje de texto de un número desconocido:

¿LO HAS AVERIGUADO YA?

Y luego otro:

¿QUÉ SUCEDE A CONTINUACIÓN?

Edie sintió que una descarga eléctrica recorría su cuerpo. Volvió a abrir la primera fotografía. Miró primero a Lara, con su exuberante pelo oscuro, sus ojos verdes y sus brazos torneados, y después a Louise, rubia, con curvas y de ojos azules. No. No podía ser. Edie empezó a sentir un rumor en los oídos. Tenía la sensación de estar cayéndose. Se quedó mirando fijamente la fotografía de Lara, que tenía que ir a Londres al menos una vez al mes porque solo había un peluquero en el que confiara para que le diera su baño de color. Lara, que llevaba lentillas. Lara, que en una ocasión, hacia el final de una velada en un pub, había reconocido que de adolescente había estado rellenita y que había tenido que esforzarse mucho para tener el aspecto atlético que lucía hoy día. Lara y Louise, la una al lado de la otra en una carpeta llamada «L» que había creado Jake.

El móvil de Edie sonó dos veces. Ella se lo quedó mirando, demasiado asustada para cogerlo. Había dos mensajes más del número desconocido. Abrió el primero. Era una imagen. Tardó un segundo en descargarse. Luego vio que se trataba de la misma fotografía de la escuela que había estado observando en el portátil de Jake, solo que en esta versión el rostro de este había sido tachado. Y también el de Ryan. El segundo mensaje consistía en una frase:

Hay un lugar especial en el infierno
para las mujeres que no ayudan a
otras mujeres.

Edie soltó el móvil como si quemara y, en cuanto cayó sobre la mesa, el aparato comenzó a sonar. Las vibraciones hacían que diera vueltas sobre sí mismo. Ella retrocedió, demasiado asustada para contestar, encogiéndose como si un poderoso trueno estuviera sacudiendo la casa. Finalmente extendió una mano y, tras cogerlo, se lo llevó a la oreja. Podía oír una respiración, pero por un momento dudó de si era la de la persona que había al otro lado de la línea o la suya propia. Entonces habló una mujer:

—¿Qué, ya lo has averiguado? ¡Vamos, dímelo! ¿Qué sucede a continuación?

15

La tormenta arreciaba. El viento empujaba puñados de lluvia y espuma de mar contra las ventanas de la casa. De la arboleda que había detrás de la casa procedía un aullido, como si las ramas estuvieran doblándose hasta el punto de rotura, como si los troncos estuvieran a punto de ser arrancados de la tierra.

Cuando el viento se apaciguó un poco Edie habló:

—¿Louise? —dijo presionando el móvil contra su oreja. Recorrió a toda velocidad el pasillo mientras sentía el hormigueo del pánico en la columna vertebral. Entró en el dormitorio y, tras meterse en la cama, se tapó con el edredón—. ¿Louise? —repitió—. ¿Eres tú?

—Llámame Lara —contestó la voz—. Hace doce años que no soy Louise. Me cambié el nombre al salir del hospital. —Se quedó un instante callada. En el silencio Edie oyó el ruido metálico y posterior siseo de un mechero—. Estuve enferma. No sé si lo sabías. Bueno, ahora sí que lo sabes, lo oíste en la historia. Intenté suicidarme, así que me internaron. —Volvió a guardar silencio unos segundos—. ¿Te ha gustado? —El tono de voz de Lara era extrañamente animado, como si estuviera disfrutando—. A mí me parece que no está nada mal para tratarse de una primera incursión en la ficción. ¿O tú lo considerarías no ficción? Tanto da. Las primeras partes se escribieron casi solas, pero estoy teniendo problemas con el final. Y se me había ocurrido que tal vez tú podrías ayudarme. —Soltó una carcajada crispada que provocó un escalofrío a Edie.

—¿Qué es lo que quieres, Lara?

—¡Quiero que salga bien! Llevo trabajando en ello a tiempo completo durante dos años enteros. Ha sido duro.

—¿Has estado planeándolo desde que nos conocimos?

—Desde que reconectamos. Antes de eso simplemente seguía adelante con mi vida. Había tenido que lidiar con mucho sufrimiento y mucho dolor, pero me las había arreglado para superarlo. Monté un negocio, me mudé a una nueva ciudad (un lugar que no estaba mancillado de malos recuerdos). Hasta que, un día, voy a mi club de *running* y ahí estás tú, como un demonio que me hubiera seguido desde el infierno. Edie Easton...

—Edie Pritchard.

—Sí, claro. Edie Pritchard, que se casó con su amor de la infancia. Uno de sus amores de la infancia.

—¿Y entonces decidiste arrebatármelo? —preguntó Edie con voz quebrada.

—No de inmediato —respondió Lara—. Al principio me cogió desprevenida. La primera vez que te vi en el club de *running* supuse que caerías en la cuenta de un momento a otro. Esperaba ver sorpresa en tus ojos y vergüenza en tu rostro, pero eso no llegó a suceder. Me mirabas sin reconocerme. Estabas ahí, delante de mí, sonriendo como una estúpida... —En la línea se oyó entonces un ruido retumbante como el de un tren pasando cerca y la voz de Lara dejó de oírse unos segundos—. Me arruinaste la vida y después te olvidaste por completo de mí, ¿verdad? Y luego, más tarde, conocí a tu marido y él tampoco me reconoció. Fue como si todo aquello no hubiera ocurrido nunca, como si Louise, esa pobre chica ingenua y sin amigos, ni siquiera hubiera existido. Entonces decidí recordároslo.

—De modo que... ¿lo sedujiste?

Lara se rio.

—Ah, eso es lo que te fastidia, ¿eh? ¡Eso es lo único que te molesta! No que lo matara, no que le reventara el cráneo, sino que me acostara con él. —Otra vez esa risotada cruel—. Eres una vanidosa, ¿verdad, Edie? Bueno, puedes quedarte tranquila. No me acosté con él. Le hice pensar que quizá llegaríamos a hacerlo, pero... —Lara soltó un pequeño chasquido de desagrado—, tampoco es que fuera una idea realmente tentadora, si te soy sincera. Jake no era más que un tipo arruinado y fracasado que no dejaba de lloriquear porque su espantosa esposa estaba a punto de largarse con su mejor amigo...

—No te atrevas a hablar así de Jake. No te atrevas...

—¿Por qué, Edie? ¿Por qué no debería llamarlo «fracasado»? Es lo que tú le llamabas, ¿no?

Edie hizo una mueca de dolor.

—Yo no iba a abandonarlo. Nunca habría dejado a Jake.

—¿Qué narices estás diciendo? ¡Ya lo habías hecho!

—No era para siempre. Solo estábamos pasando una mala racha. Habría vuelto...

—¿Porque lo querías mucho o porque Ryan no te acogería mucho tiempo? —preguntó Lara—. En cualquier caso, no estoy segura de que Jake hubiera aceptado volver contigo. Al principio, cuando comencé a meterle cosas en la cabeza sobre ti y Ryan, pensé que tendría que esforzarme para que se las tragara. Pero él se lo creyó todo. Cuando le conté que apenas venías ya a correr, Jake se lo creyó. Y cuando le dije que hablabas de Ryan todo el rato, también. Se tragó todas y cada una de las cosas horribles que dije sobre ti. Nunca llegué a entender por qué no te defendía. ¿Se debía a que no te quería? ¿O quizá se sentía culpable por lo que tú y él me habíais hecho a mí?

Por un instante un relámpago iluminó el mar. Edie se encogió debajo de su edredón.

—¿Estás diciendo que Jake cayó en la cuenta? ¿Estás diciendo que sabía quién eras?

—Él nunca fue tan corto de vista como tú. ¿Recuerdas que después de la media maratón del año pasado fui a vuestra casa? Nos pusimos a beber vino en la terraza y, como había muchos mosquitos, en un momento dado entraste a buscar un bote de repelente. Cuando nos quedamos solos pillé a Jake mirándome fijamente. Por un segundo pensé que estaba a punto de insinuárseme, pero entonces... su rostro adoptó una expresión de horror. Horror y vergüenza. ¡Por fin! Un par de días después me escribió por WhatsApp para decirme que quería hablar conmigo. Quedamos en el bar del Balmoral. Ahí sentado, bebido y sumido en la autocompasión, me suplicó que lo perdonara...

—¡No me lo creo! —De repente Edie se sorprendió a sí misma gritando en la oscuridad—. ¡Ni hablar! Jake no te violó, Lara...

—No —dijo Lara en un tono bajo y ronco, como la voz de la narración—. Tienes razón, Jake no me violó. Pero estaba en la habitación cuando Ryan lo hizo.

Se oyó un extraño ruido siseante en la línea y luego se cortó.

16

Con una desagradable sensación en el estómago, Edie se encogió y cerró con fuerza los ojos. En su mente vio una cámara. Y luego oyó la voz de Ryan, suplicándole en voz baja: «Louise dice que la agredimos y le hicimos cosas. Podríamos meternos en un lío muy gordo». Vio asimismo a Jake, apartando la mirada.

Los tres estaban borrachos. Antes incluso de llegar a la fiesta habían estado bebiendo. Edie había robado una botella de vodka del mueble bar de sus padres y se la habían bebido en el cuarto del televisor mientras veían videoclips apretujados en el sofá.

Ryan, que no paraba de juguetear con la cámara que le habían regalado por su cumpleaños, quería ir a la fiesta. Edie habría preferido que los tres se quedaran en casa de los padres de Jake. Ellos dos llevaban dos meses saliendo juntos. Era algo nuevo y emocionante, y todavía más cuando pillaba a Ryan mirándolos. Mirándola. Pero justo él quería ir a la fiesta costara lo que costase, y Edie no quería ser una corta rollos. O, peor, que la dejaran sola. Así pues, cogieron sus bicis y, haciendo algunas eses, emprendieron el camino. En un momento dado Jake estuvo a punto de caerse en una zanja. Ryan y ella se rieron de él por el poco aguante que tenía.

La fiesta la había montado alguien que iba al mismo curso que ella, alguien con dinero cuyos padres se habían marchado el fin de semana. Cuando llegaron todo el mundo los ignoró. Todo el mundo salvo la pobretona, que se acercó a ellos de inmediato, ataviada con una camiseta blanca bajo la que no llevaba sujetador, y se arrojó a los brazos de Ryan. Edie recordaba bien esa parte. Cómo Ryan sonreía a Louise. Cómo se reía con ella. Cómo le ofrecía un trago de la botella que Edie había llevado. Cómo Louise se acercaba la botella a los labios rosados. Se los quedó mirando hasta que de repente notó que Jake también la miraba, y le pareció que la velada ya se había echado a perder. Quería largarse a casa. Fue a la cocina y dejó a los chicos con Louise. Echó un vistazo por encima del hombro para ver si alguno de los dos la seguía. Ninguno lo hizo.

Más tarde, tras una desesperante hora de pie con la espalda apoyada en la pared de la cocina esperando que alguien —quien fuera— hablara con ella, Edie fue a buscar a los chicos. Echó un vistazo en el salón y luego en un estudio. Ahí vio, por la ventana, que estaban en el jardín. Por un momento pensó que se estaban marchando a casa y que iban a dejarla atrás, de modo que salió corriendo a la terraza por la puerta corredera.

Oyó entonces que estaban gritándose el uno al otro, y se dio cuenta de que se trataba de una discusión. Sintió una punzada de adrenalina: estaba pasando algo, algo emocionante. Vio que Ryan agarraba a Jake del cuello de la cazadora y que este se zafaba. Intentó oír qué decían, pero había algo más, otro ruido. Edie se volvió y vio a una chica sentada en el suelo, en un rincón del porche, con la falda subida hasta la cintura y las bragas a la vista, sollozando como si fuera a estallarle el corazón. Edie dio un paso hacia ella y la chica levantó la mirada. Era Louise. Sus grandes ojos azules estaban anegados en lágrimas y unos regueros de rímel manchaban su bonito rostro. Edie se apartó. Vio entonces que Jake cogía la cámara que Ryan tenía en las manos y la tiraba al suelo.

El móvil de Edie estaba sonando de nuevo.

—Ya pensaba que la línea se había cortado definitivamente —dijo Lara cuando contestó.

—Yo no sabía lo que había pasado en la fiesta —se justificó Edie—. ¿Cómo iba a saberlo? No estuve ahí. No estuve en la habitación cuando... lo que sea que digas que sucedió...

—Pero dijiste que sí lo sabías. O, mejor dicho, dijiste que no había pasado nada porque ellos no habían llegado a estar a solas conmigo. Mentiste.

—No podía estar segura... —El cegador destello de un relámpago bifurcado que cayó alarmantemente cerca interrumpió a Edie. Asustada, soltó un grito ahogado. Al otro lado de la línea Lara también lo hizo. Y a continuación sonó un poderoso trueno cuyo estruendo hizo temblar toda la casa. Edie se dio cuenta entonces de que no solo lo había oído en la habitación, sino también al otro lado de la línea.

Levantó la mirada. A través de la oscuridad apenas podía distinguir la forma de la cortina, que ondeaba como si la empujara el viento. Podía oír el ruido de las olas rompiendo contra el acantilado. De repente tuvo mucho frío y fue consciente de que no era solo el miedo lo que estaba congelándola hasta los huesos, sino también una penetrante ráfaga de viento frío. Alguien había abierto la puerta.

Alguien estaba en casa.

Mareada por el pánico y sujetando fuerte el móvil con la mano, se dirigió hacia la puerta del dormitorio. La abrió de golpe y echó un vistazo al pasillo. A su alrededor la oscuridad la envolvía, densa y sólida.

—¿Lara? —la llamó—. ¿Eres tú? —El miedo que percibía en su propia voz la asustó todavía más. Palpando las paredes para guiarse, comenzó a avanzar despacio por el pasillo—. Sé que estás aquí.

Cuando llegó a la puerta que daba al salón reparó en que había un charco de agua en el suelo, justo enfrente de la puerta corredera por donde estaba entrando la lluvia. Conteniendo un sollozo, empezó a marcar el número de teléfono de la policía. Iba por el segundo dígito cuando notó un cambio en el aire: alguien se abalanzaba sobre ella, una sombra. Se echó hacia atrás, pero lo hizo demasiado tarde: el intruso ya la había atrapado y, tras agarrarle un brazo, se lo retorció en la espalda. Edie dejó escapar un grito al tiempo que se le caía el móvil al suelo. Algo la golpeó en la parte posterior de la cabeza y cayó de rodillas, chillando de dolor.

17

Edie no había sentido nunca un dolor semejante en la cabeza. Agudo e intenso en la parte posterior del cráneo, se extendía a la frontal en forma de palpitación punzante. Parecía que alguien le hubiera colocado un tornillo de banco en las sienes y estuviera presionándoselas cada vez más. Sentía asimismo como si se le hubiera dislocado el hombro. Intentó moverse para aliviar el dolor, pero descubrió que tenía las manos atadas a la espalda. Al levantar la cabeza vio que su propio rostro le devolvía la mirada. En contraste con la palidez de las mejillas, sus ojos parecían negros.

La luz estaba encendida. Ella estaba sentada en una de las sillas del comedor, de cara a la puerta corredera, que ahora estaba cerrada. Lentamente volvió la cabeza a un lado y al otro, pero no vio a nadie. Tampoco podía oír nada, y la tormenta parecía haber amainado. El único sonido en la estancia era su propia respiración irregular.

Y entonces, a su espalda, oyó otra cosa. Un bostezo.

—¿Estás despierta? —Edie oyó el repiqueteo de tacones sobre el suelo de hormigón—. Has estado inconsciente un buen rato. Ya pensaba que iba a tener que zarandearte.

Con el rabillo del ojo vio una forma que aparecía. Lara. Esta se arrodilló al lado de Edie para que sus ojos estuvieran al mismo nivel.

—¿Cómo te sientes? —preguntó arrugando la nariz—. Tienes un aspecto horrible. ¿Quieres un vaso de agua?

Sin esperar una respuesta, Lara se puso de pie y se dirigió a la cocina. Edie oyó el grifo abriéndose y cerrándose. Un momento después Lara estaba frente a ella, acercándole el frío vaso a los labios. Edie sorbió y tragó. Un poco de agua le cayó por la barbilla.

Lara arrastró una silla por el suelo y la colocó delante de la de Edie. Luego se sentó en ella y se puso a hacer movimientos circulares con los hombros e hizo un par de torsiones con el cuello, como si estuviera calentando para una carrera. O para una pelea. Echó un vistazo por encima del hombro.

—Creo que la tormenta ya ha escampado.

Edie no dijo nada. Cerró los ojos para protegerse de la luz.

—Resulta curioso que hayamos terminado aquí, ¿no te parece?

—¿Cómo? ¿Te refieres a conmigo atada a una silla?

Lara soltó una risa ahogada.

—No, quiero decir aquí arriba. En Escocia. Tan lejos del soleado Sussex.

Edie oyó un familiar ruido metálico seguido de otro siseante y abrió los ojos. Lara estaba encendiéndose un cigarrillo. Sonrió a Edie.

—No te importa, ¿verdad?

Edie la fulminó con la mirada a modo de respuesta.

—¿Se puede saber por qué viniste aquí? —le preguntó Lara.

Edie no pudo evitar inhalar el humo del cigarrillo de Lara y comenzó a toser. Lara puso los ojos en blanco y disipó el humo agitando la mano que tenía libre.

—Nos mudamos por la casa —contestó Edie—. Ya lo sabes. No teníamos dinero. No podíamos permitirnos nada en Londres. A Jake no le salía ningún trabajo y luego su padre murió. Ya te lo conté... —Se puso a toser otra vez cuando el humo le llegó al fondo de la garganta.

Lara aspiró entre los dientes, dejó caer el cigarrillo al suelo y lo aplastó con el tacón de su bota. Cogió el vaso de agua y volvió a ofrecérselo a Edie.

—¿Y qué hay de Ryan? —preguntó después de que Edie hubiera dado un sorbo de agua—. ¿Cuándo os siguió hasta aquí?

Edie miró a Lara con los ojos entrecerrados.

—No nos siguió. Le hicieron una buena oferta de trabajo, de modo que se trasladó.

Lara soltó una sonora risotada.

—¿De veras? ¿Trabajaba en la City de Londres y decidió venir a Edimburgo porque aquí es donde está la acción en lo que a capital riesgo se refiere? ¿En serio eres tan estúpida? ¿O esto es solo otro ejemplo más de que únicamente ves lo que quieres ver? Jake me dijo que Ryan te siguió.

—No lo hizo.

—Jake me dijo que Ryan te siguió porque te necesitaba. Porque necesitaba a alguien que lo adorara como tú lo hacías. Porque de adulto no ha conocido a nadie que lo hiciera. La gente veía lo que había detrás de su relumbrante encanto superficial. Veía cómo era. Un abusón y un narcisista.

—Eso es una completa estupidez...

—¿Ah, sí? ¿No te has preguntado por qué Ryan nunca permanecía más de un año en un trabajo? ¿Por qué las novias solo le duraban unos pocos meses? —Lara se reclinó en la silla con una leve sonrisa en los labios—. Ah, ya veo. Pensabas que se debía a que solo tenía ojos para ti, ¿verdad? Pensabas que se debía a que ninguna de ellas estaba a tu altura.

Edie se removió en la silla. El dolor que sentía en el hombro seguía siendo intenso, pero no era nada en comparación con el tormento que suponía estar sentada bajo la escrutadora mirada de Lara.

—¿Recuerdas a Tania? ¿Esa antigua novia que Ryan tuvo hace unos años? ¿Sabes por qué esa relación no duró? Te daré una pista: no fue por ti. Fue porque Ryan la pegaba y la estrangulaba. Tania acudió a Jake en busca de ayuda y él le dijo que fuera a la policía. Ella no lo hizo, claro está, puesto que habría sido su palabra contra la de Ryan. Y hoy en día los hombres pueden salir indemnes de casi cualquier cosa en nombre del sexo duro. Así que intentó pasar página y se largó. El tema, sin embargo, es que Jake la creyó. Fue entonces cuando decidió que tenía que apartarse definitivamente de Ryan. Fue entonces cuando decidió que tenía que apartarte a ti definitivamente de Ryan.

Edie negaba con la cabeza una y otra vez.

—No, eso no es cierto. Jake me lo habría contado...

—¿Estás segura? —Lara inclinó la cabeza a un lado—. ¿Por qué iba a hacerlo? Se había dado cuenta hacía mucho de que no permitías que se dijera nada malo sobre Ryan. ¿Sabes lo que me dijo? «Ryan solo tiene que mirarla a los ojos y sonreír y ella hará cualquier cosa que le pida. Siempre se pondrá de su lado.»

Edie volvió a pensar en el lunes posterior a la fiesta, cuando estaban esperando en la puerta de entrada de la escuela y, mirándola directamente a los ojos, Ryan le había dicho: «Tienes que decírselo, E. Tienes que decirles que no es cierto». Jake apartaba la vista. Después de eso Jake y Ryan habían dejado de hablarse durante meses. Edie y Jake nunca habían comentado qué era lo que había pasado entre ellos dos. Siempre que Jake sacaba el tema Edie se negaba a escucharlo. «No quiero saberlo —le decía—. Es algo entre vosotros dos. No quiero verme en medio.»

—No es cierto —dijo Edie, dedicándole a Lara su mirada más fría—. No me he puesto siempre de su lado. Hasta que llegaste tú con tu pequeña historia, pensaba que Ryan era culpable de asesinato.

Lara volvió a marcharse a la cocina. Sus tacones repiqueteaban en el suelo de hormigón.

—Pero estaba equivocada, ¿verdad? —preguntó Edie alzando la voz a su espalda—. Ryan es inocente, igual que lo era Jake. ¡Jake no te hizo nada!

—¿Nada? —Lara apareció de nuevo a su lado y agarró a Edie por el hombro.

Mientras Lara se movía, Edie distinguió un brillo metálico segundos antes de sentir una hoja en el cuello.

—Él lo sabía —le aclaró Lara entre dientes al oído—. Sabía lo que Ryan hizo. Él lo sabía, y tú también.

ado entre ellos [illegible] siempre que [illegible]
[illegible]
[illegible]
[illegible]

[illegible]
[illegible]
[illegible] hasta que [illegible]
[illegible] que [illegible]
[illegible] la cocina [illegible]
[illegible] en el [illegible]

[illegible]
[illegible]
[illegible]
[illegible]
[illegible] el [illegible]

[illegible]
[illegible]
[illegible]

[illegible]
[illegible]

18

Después de la tormenta, la calma. Una calma mortal.

Fuera todavía estaba oscuro, pero gracias a la luz que salía de la casa, Edie podía ver cómo lloviznaba. Estaba sentada en la silla, con las manos en la espalda, intentando por todos los medios no temblar, esforzándose para que los dientes no le castañetearan y el cuerpo no le tiritara de miedo. No oía nada salvo la respiración de Lara junto a su oído, ni sentía nada salvo el frío metal en la garganta.

—Admítelo —susurró Lara—. Admite que sabías lo que Ryan hizo. Admítelo y quizá te perdone la vida.

Edie cerró los ojos. Tragó saliva y notó que la hoja aumentaba la presión en el cuello.

—Jake lo admitió —añadió Lara.

Edie soltó un grito ahogado al sentir que el metal le arañaba la piel y, de repente, la presión desapareció.

Abrió los ojos y exhaló una bocanada de aire. Lara todavía estaba fuera de su campo de visión, pero podía percibir su presencia a su espalda y también imaginar la hoja en su mano.

—Un par de noches después de que te fueras de casa, Jake me escribió por WhatsApp y me pidió que viniera a verlo. Yo conduje hasta aquí para escuchar una vez más cómo me pedía perdón, borracho. —La voz de Lara sonaba ronca, como si estuviera al borde de las lágrimas—. Volví a preguntarle por qué no había dicho nada en su momento... —Hizo una pequeña pausa y se aclaró la garganta—. Me dijo que no quería arruinarle la vida a Ryan. Al fin y al cabo no eran más que adolescentes, ¿no? Y que lo sentía mucho, muchísimo, pero que estaba seguro de que si hubiera contado la verdad sobre lo que Ryan había hecho, tú nunca se lo habrías perdonado. Os habría perdido a ambos. De modo que, por lealtad a Ryan y por amor a ti, me arruinó a mí la vida.

Edie se mordió el labio con los ojos anegados

en lágrimas. Efectivamente, así era Jake, ¿no? Leal a Ryan y fiel a ella. Eso resumía a la perfección la relación de ellos tres. Eran especiales. Los demás no importaban demasiado. ¡Los demás ni siquiera les llegaban a la suela de los zapatos! Puede que al final Jake se hubiera olvidado de eso, pero antaño también lo creía.

—Admítelo, Edie —volvió a decir Lara, pero su tono de voz sonaba ahora cansado o estresado—. Solo quiero oírte decir la verdad.

Edie cogió una gran bocanada de aire.

—Digamos que lo hago. Digamos que admito todo lo que quieres que admita. ¿Luego qué? ¿Luego qué sucederá, Lara? No tienes escapatoria alguna. ¿Te importaría decirme qué piensas hacer a continuación? Vas a ir a la cárcel. Eso o te libras de mí igual que hiciste con Jake. Solo que esta vez no tienes a nadie a quien incriminar, ¿verdad? Pase lo que pase, la cosa terminará mal para ti.

Edie volvió a notar la hoja en la garganta.

—Puede que merezca la pena —repuso Lara en voz baja.

Edie cerró los ojos y se mordió con más fuerza el labio.

—O tal vez —añadió alzando el tono de voz—

tú y yo podríamos hacer un trato. Tú me pides disculpas, suplicas mi perdón y me dejas marchar...

—¿Por qué? —preguntó Edie, y después soltó un grito ahogado. Le temblaba todo el cuerpo y podía notar cómo el metal se deslizaba hacia abajo, en dirección a la clavícula—. ¿Por qué haría algo así?

—Por Ryan —dijo Lara, e inclinó la hoja, aumentando la presión en el cuello, y luego la retiró de golpe, haciéndole un pequeño corte en la piel.

A Edie se le escapó un chillido y se retorció, apresada por las ataduras.

—¿Qué quieres decir? —exclamó—. ¿A qué te refieres con eso de «por Ryan»?

Lara rodeó la silla y se colocó delante de Edie con las manos a la espalda. Tenía una expresión meditabunda.

—¿Y si te digo que tengo en mi poder una prueba que arrojaría una duda lo bastante razonable como para impedir que la fiscalía pudiera obtener una condena? Un vídeo, por ejemplo, en el que, si bien no se le llega a ver el rostro, queda claro que el verdadero asesino es indudablemente más pequeño y delgado que Ryan Pearce.

Edie negó con la cabeza.

—Estás loca, ¿lo sabes? Asesinas a mi marido. Incriminas a su mejor amigo. Me atas y me torturas. ¿Y ahora vas y me dices que puedes poner a Ryan en libertad? ¿Crees que soy estúpida?

Lara se encogió de hombros.

—Ya habré conseguido lo que quería. Te habré oído decir lo que he estado esperando que digas desde hace quince años. Te habré castigado. Te habré hecho pasar por un infierno, y a Ryan también. Ya nunca me olvidaréis.

Lara se volvió hacia el mar y, al hacerlo, Edie vio que lo que tenía en la mano eran unas tijeras de cocina. ¡Unas tijeras de cocina! En cuanto las vio, su miedo comenzó a menguar. ¡Lara no iba a matarla! Nadie usaría unas tijeras para rebanar un pescuezo, no si tiene cuchillos afilados a su disposición.

Más allá de Lara, más allá del ventanal y del jardín, Edie distinguió una tenue línea gris en el horizonte. Estaba amaneciendo. Había sobrevivido a esa noche.

—Está bien —aceptó esta.

—¿Está bien? —Lara se dio la vuelta y se acercó a ella sosteniendo con fuerza las tijeras en una mano.

—Está bien —repitió ella alzando la barbilla y dejando a la vista la garganta, en actitud desafiante—. Acepto el trato que ofreces.

Edie no tenía intención alguna de aceptar el «trato» de Lara, pero, ahora que tenía claro que no iba a matarla, se sentía segura. Estaba convencida de que, a pesar del cuidado con el que lo había planeado todo, Lara no tenía preparada ninguna escapatoria. Sabía que iba a ganar.

—¿Podemos salir? —preguntó—. Por favor. Me duele todo. Contestaré a todas tus preguntas. Solo déjame levantarme de la silla y andar un poco, por favor.

Lara la miró de arriba abajo, reparando en las ligeras prendas y las andrajosas botas Ugg que llevaba. Luego se volvió hacia la oscuridad. Estaba pensando. Imaginaba que Edie no podría huir corriendo. No vestida así. No con aquella luz. Pero Lara no sabía lo bien que Edie conocía esos bosques, lo bien que conocía esos senderos. Ignoraba que, después de aquellos últimos meses, sería capaz de encontrar entre los árboles el atajo que conducía a la carretera, a pesar de la oscuridad.

Edie contuvo el aliento.

—¿Por favor? —repitió.

Lara asintió secamente. Rodeó la silla y cortó el cable que ataba las manos de Edie. Esta se inclinó hacia delante, encorvándose. Por un momento el intenso dolor que sentía en el hombro pareció empeorar, pero enseguida dio paso a una gran sensación de alivio. Se abrazó las rodillas para liberar la tensión de la espalda. Permaneció así un segundo antes de que Lara la agarrara del brazo y la pusiera de pie bruscamente.

Fuera hacía mucho frío y el aire era muy húmedo. Estaban de pie en la terraza, la una al lado de la otra, exhalando vaho al respirar, y por un momento casi habría podido parecer que volvían a ser amigas. Luego Lara soltó el brazo de Edie y bajó de la terraza, balanceándose un poco cuando los tacones de sus botas se hundieron en el césped. Dio unos pocos pasos hacia el acantilado. En una mano todavía sostenía las tijeras. El mango naranja era como un faro bajo la luz gris.

Edie echó un vistazo por encima de su hombro. Si se metía otra vez en casa, podría cerrar con el pestillo la puerta de la entrada a su espalda y ganar algo de tiempo. Pero debía esperar. Cuanta más luz hubiera, más probabilidades tendría de escapar.

—¿Cómo has sabido que había escuchado tu historia y que había visto las fotografías tuyas que Jake guardaba en su ordenador? —le preguntó a Lara—. ¿Cómo te has enterado de todo esto?

Lara se volvió hacia ella y el viento le empujó el pelo a la cara. Se lo apartó.

—Antes de montar este negocio, me dediqué muchos años a la informática. Lo sé todo sobre programas espía. Apenas tardé cinco minutos en instalar uno en tu móvil, otro en tu ordenador y uno más en el de Jake. Desde que os visité por primera vez he tenido acceso a cada tecla que presionabais, cada número que marcabais, cada app que abríais. Durante todo este tiempo he estado observándoos, esperando mi momento.

Se dio la vuelta de nuevo y dio otro paso hacia el acantilado.

—Aquel día, cuando hubo terminado todo, bajé a la playa —dijo, y señaló el pie del acantilado—. La marea estaba baja. Fui corriendo hasta el promontorio.

Edie dio unos pocos pasos hacia ella. El césped empapado chapoteaba bajo sus botas y el material del que estaban hechas no impedía que el agua helada se filtrara.

—Me lavé su sangre en el mar —continuó—, y luego volví a subir al sendero.

Estaba hablando de Jake.

—¿Sentiste algo siquiera? —le preguntó Edie.

En la penumbra vio que Lara se volvía hacia ella. Apenas podía distinguir la silueta de su cuerpo y el blanco de sus ojos.

—Sentí pena —dijo Lara—. Y miedo. «Ya lo he hecho», pensé. «Me he arruinado la vida. Otra vez.» Y no debería haber tenido que arruinar mi vida. No debería haber tenido que malgastar mi tiempo con esto. Pero ¿qué otra cosa iba a hacer? Desde que os vi ya no pude sacaros de mi cabeza. No podía dejar de pensar en lo que me habíais hecho, en lo poco que os había importado y en lo insignificante que debía de ser para vosotros. En la facilidad con la que ignorasteis mi dolor. Porque tú y tus amigos os creíais mejores que yo, más importantes.

—Éramos más importantes que tú —respondió de repente Edie—. Todavía lo somos. Y siempre lo seremos. —Y, sintiendo que una oleada de calor ascendía por su cuerpo, comenzó a gritar a todo pulmón—: ¡¿De veras creías que iba a suplicarte perdón?! ¡¿Que iba a hacer un trato contigo?!

¡No me arrepiento para nada de lo que hice! Volvería a hacer exactamente lo mismo. No vi a nadie agrediéndote. No vi a nadie haciéndote daño. ¿Sabes lo que vi? A una borracha desaliñada con la falda subida por encima de las bragas. A una chica que se había repasado a todos los chicos de la clase y que había decidido ir a por el siguiente. A una chica que tal vez se llevó algo distinto de lo que se esperaba.

Lara se la quedó mirando boquiabierta y se echó a llorar en silencio.

—¿Cómo puedes decir estas cosas? ¿Cómo puedes estar tan ciega?

—No estoy ciega en absoluto —soltó Edie—. Sabía que se había traspasado un límite. Supuse que lo había hecho Ryan. Y aun así lo escogí a él. A ellos. ¿Pretendías que echara a perder mi amistad con ellos por ti? ¿Solo porque eras una chica debía darles la espalda y ponerme de tu lado? —Negó con la cabeza—. Nunca me he creído todo ese rollo de la sororidad. No me puse de tu lado entonces y tampoco lo haría ahora. Volvería a hacer exactamente lo mismo. Miraría hacia otro lado. —Empezó a caminar en dirección a Lara con las manos cerradas en sendos puños a los lados—. Te destrozaría de nuevo sin pensármelo dos veces.

Lara hizo un ruido que sonó como una risa o un lamento. Parecía el graznido de una gaviota. Dio un paso atrás y Edie vio que se tambaleaba cuando el tacón de su bota se hundió en la tierra blanda. Trató de mantener el equilibrio, pero no pudo evitar resbalar y caerse de lado en el barro, con lo que las tijeras que llevaba en la mano salieron volando. Rápidamente se agarró como pudo a la hierba para intentar apartarse del borde del acantilado.

Edie se abalanzó hacia delante, se agachó y, tras recoger las tijeras, las alzó y arremetió con fuerza, clavándoselas a Lara en el dorso de la mano todo lo que pudo. Esta soltó un grito de dolor y, arrastrándose, se apartó y se puso de rodillas. Levantó la mirada hacia Edie con el rostro manchado de barro y lágrimas, pero Edie no sentía la menor lástima, ni tampoco piedad alguna. Volvió a abalanzarse hacia delante con la intención de clavarle las tijeras a Lara en el cuello. Esta cayó hacia atrás y alzó los brazos para defenderse. Edie también cayó, pero hacia delante a causa de la inercia. Ambas estaban a gatas en el barro intentando desesperadamente ponerse de pie cuando la tierra sobre la que se encontraban comenzó a ceder.

Epílogo

Londres, junio
Dieciocho meses después

No podía oír ni sus propios pensamientos. Los flashes destellaban ante sus ojos y la cegaban. La gente la saludaba con las manos, chillaba, gritaba su nombre. Las voces llegaban de todas partes:

—¡Louise! ¡Louise! ¿Puedes mirar hacia aquí, Louise?

Ella se volvió a un lado, hacia la voz que gritaba más alto, y al hacerlo estuvo a punto de pisarse el dobladillo del vestido. Pero no paró de sonreír ni un segundo. Unos diez metros más adelante vio a Edie. Llevaba un vestido corto negro con lentejuelas que dejaba a la vista sus piernas de corredora.

La gente también le gritaba cosas y ella sonreía, mostrando toda la dentadura. Echó un vistazo por encima del hombro a Lara y guiñó un ojo.

(No era Edie, claro está, solo alguien que se parecía un poco a ella: una versión más joven, más guapa y más... viva.)

Dieciocho meses habían pasado desde aquella mañana en el acantilado. Ryan fue condenado por el asesinato de Jake. Las alegaciones que hizo acerca de la aventura que su amigo había mantenido con una mujer, sobre la cual fue incapaz de proporcionar prueba alguna, fueron ignoradas. Y su insistencia en que la muerte de Edie no había sido un suicidio fue considerada una fantasía paranoica. Al fin y al cabo Edie le había enviado un email a Neeta Badami la mañana en la que se tiró por el acantilado. En él explicaba que no podía seguir adelante, que las deudas, la soledad y el desconsuelo eran más de lo que podía soportar.

Bañada por la luz y por el ruido de un estreno en Leicester Square, la chica que no era Edie alzó una mano de cuidada manicura hacia Lara (ahora también conocida como la guionista Louise Grant) y le indicó que se acercara. Lara llegó a su altura y ambas se fundieron en un abrazo y se besaron cariñosamente en las mejillas. Entraron juntas en la sala de cine, cogidas de la mano, pasando por debajo del reluciente letrero que anunciaba con letras grandes y llamativas:

ESTRENO MUNDIAL

UN LUGAR ESPECIAL EN EL INFIERNO

Otros títulos de la autora en Booket: